ハヤカワ文庫JA

〈JA1233〉

僕が愛したすべての君へ

乙野四方字

JN210796

早川書房

7793

僕が愛したすべての君へ

序章、あるいは終章

在宅死、という言葉を知ったのは、つい最近のことだ。

癌に冒されて余命幾ばくもない患者が、病院での治療やホスピスでの終末医療を拒否し、住み慣れた我が家で家族に囲まれながら最期の時を過ごす。その選択肢が、同居していた息子夫婦の口から提案されたことを僕は幸せに思った。

息子夫婦や孫に迷惑をかけるのも忍びなかったが、それ以上に、皆が僕と最期まで一緒に過ごしたがってくれているのだと、そうすんなり信じられたことが嬉しくて。

抗癌剤は使わないこと、延命治療はしないことの二つを条件に、僕は在宅死を選んだ。

七三歳。もしかしたら死ぬにはまだ少し早いのかもしれないが、不思議と恐怖や不満はなかった。大きな家で、愛する妻、頼れる息子と優しいその嫁、かわいい孫娘にまで囲まれる老後。たとえ明日、苦しみの中でこの心臓が鼓動を止めたとしても、隣に家族がいてくれるなら笑って逝けると思える。幸せな人生だった。

ただ、僕はあと三日だけは、どうしても死ぬわけにはいかない。

左手首に巻かれたウェアラブル端末に三日後の日付を音声入力すると、カレンダー機能に記録された「八月一七日、午前一〇時、昭和通り交差点、レオタードの女」というスケジュールが呼び出される。

昭和通り交差点と言えば、うちから徒歩で二〇分、この街で最も大きな交差点だ。レオタードの女というのはその脇に建てられている銅像のタイトルである。

三日後の午前一〇時、昭和通り交差点、レオタードの女。

いくら考えても、その予定には何の心当たりもなかった。

僕が使っている端末は、月末になると次の月に入力されているスケジュールを自動的に通知してくれる。その機能によりこの予定を知ったのだが、はて、これは誰との約束だったろう。僕はいつこの予定を入力したんだろう……いくら考えてみても、僕にはその記憶がなかった。

では、僕以外の誰かが僕の端末にこっそり予定を入れたのだろうか？

端末は声紋認証なので他人には操作できないはずだが、そこはそれ、何にでも裏技というものはある。ならばと家族に聞いてみたのだが、やはり誰も心当たりはないという。孫娘などは「おじいちゃんが自分で入れて忘れてるんじゃない？」なんて酷いことを言ってくれる。さすがにそこまで耄碌《もうろく》しているとは思いたくない。

けれど、家族が僕にこんな嘘をつく理由もまた思いつかない。してみると、もしかしたら本当に僕が自分で入力して忘れているだけなのかも……と最近では思い始めてきた。

まぁ、誰が入れたにしても、だ。

三日後の午前一〇時。昭和通り交差点に行ってみれば分かることだろう。そこで何が待っているのか、それは今の僕にとって一番の楽しみでもある。

そんなわけで――僕はあと三日だけは、死ぬわけにはいかないのだ。

枕元の電気を消し、そろそろ寝ようとベッドに身を沈める。目が覚めたらあと二日。幸いにもここ最近の体調はすこぶる良好で、二日後にちょっと外出するくらいなら何の問題もないのではないかと楽観している。交差点にまで足を延ばすのは久しぶりだ。年甲斐もなく心を躍らせながら、いい夢が見られそうだと目を閉じる。

が、ノックの音ですぐにまぶたを開くことになった。

「どうぞ。開いてるよ」

体は起こさないまま、灯りだけをつけて訪問者を迎え入れる。遠慮がちに顔を覗かせたのは、小学五年生の孫娘、愛だった。

「おじいちゃん、寝てた？」

「そろそろ寝ようかと思ってたところだよ。大丈夫」

「具合はどう？」

「悪くないな」

「少し、お話できる？」

「もちろん。入っておいで」

後ろ手で静かにドアを閉めた愛は、何をためらっているのかなかなか用件を切り出そうとしない。どうにも様子がおかしい。いつもの愛はこんなしおらしいたちではなく、言いたいことははっきりと言うタイプの子だ。何かあったのだろうか？

「どうしたんだい？　遠慮なく言ってごらん」

身を起こして、なるべく優しく声をかける。

たとえ家族だろうと、どうしても同性には厳しく、異性には甘くなってしまうものらしく、孫は厳しいおばあちゃんよりも甘いおじいちゃんのほうに懐いてくれている。もちろんおばあちゃんだって愛のことは大好きで、彼女がしっかりとムチを持ってくれているからこそ、僕は安心してアメをあげられるのだ。

愛はうつむき、そのまま近づいてきて僕の胸に顔をうずめ、静かに泣き始めた。

考えてみれば、いつも学校から帰ってきたら真っ先に僕の部屋に来てただいまを言ってくれる愛が、今日は来なかった。学校で何か嫌なことでもあったのだろうか。しかしあえて聞き出そうとはせず、僕は黙って愛の頭をなでる。

そうしてしばらく泣いていた愛は、しゃくり上げながら、少しずつ口を開き始めた。途切れ途切れのその言葉を拾って繋ぎ合わせると、どうやらそれほど心配するようなことではないらしいと分かった。

要するに愛は今日、同じクラスの男子に告白して、ふられてしまったのだ。

小学生にはまだ少し早い気もするが、もちろんその涙を馬鹿にするつもりはない。けれどどうしても、かわいい孫娘の涙の理由がそんなものでよかった、と思ってしまう。

「告白、なんて……しなきゃ、よかった……！」

僕から見ればかわいらしい理由でも、本人は今、世界中の誰よりも真剣に嘆き悲しんでいる。ならば少しでもその悲しみを癒やしてあげられたらと、愛の背中をぽんぽんと叩く。

「愛、ＩＰを見せてごらん」

僕は愛の手を取って、手首に巻かれたウェアラブル端末を指さした。愛は真っ赤に腫れた目で不思議そうに僕を見返して、端末を操作する。

ホログラムで拡大表示されたモニタの中には、ＩＥＰＰという文字の下に六桁のデジタル数字が表示されている。整数が三桁、コンマを挟んで小数が三桁だ。小数の三桁は目では追いきれない速度で目まぐるしく移り変わっているが、整数の三桁ははっきりとした数字を表している。都合よく、その数字は『000』だった。

愛は小学五年生。ならば、基本的なことはもう教わっているはずだ。

「愛。愛はさっき、告白なんてしなきゃよかったって言ったけど、おじいちゃんはそうは思わないよ。愛が勇気を出して告白して、本当によかったと思う」

「なんで？」

「並行世界のことはもう学校で習ったね？」

「うん」

「愛はね、告白することで他の世界の可能性を生み出したんだよ。ゼロ世界の愛はふられちゃったけど、他の世界ならきっと、好きな人と結ばれてるはずだよ」

「……他の世界の私が結ばれても、この世界の私がふられちゃったら意味ないよ」

「そんなことはないよ。どの世界の愛も、同じ愛なんだ。愛は2や3の世界にシフトしたことがあるよね？」

「何回かあるよ」

「その世界のおじいちゃんのことは嫌いだった？」

「そんなことない！」

「ありがとう。おじいちゃんも、他の世界から来た愛のことが同じように好きだよ」

「うん……」

「並行世界は、この世界では実現しなかった可能性の世界なんだ。だから、愛の勇気は必ずどこかの世界で報われてる。違う世界で結ばれた愛だって、同じ愛なんだよ。それはつまり、愛の告白が無駄じゃなかったってことなんだ」

「……よく、分かんない」

やはり、まだ小学五年生には早かっただろうか。ただでさえ並行世界に対する考え方は人それぞれだ。僕も若い頃はそれで随分と悩んだことがある。ただ、よく分からないと口を尖らせるかわいい孫は、もう泣いてはいなかった。違うことを考えさせて悲しみを紛らわせるなんて、いかにも大人らしい姑息な手段ではあるけれど。

「じゃあ、愛にも分かる話をしよう。愛はふられちゃったけど、そのおかげで次は世界中の誰とでも結ばれる可能性を手に入れたんだ。愛はきっと、もっと素敵な男の子に出会えるよ。そうしたらまた、恋を始めよう」

「もっとって、どのくらい？」

「うーん……おじいちゃんくらい？」

「だめ！　もっと若い人がいい！」

孫にふられた。地味にショックだった。

ともあれ、ひとまず元気は出てきたらしい。この立ち直りの早さも若さゆえか、それとも一人になったらまた泣いてしまうのか。

部屋を出ていく愛の背中を見送り、再びベッドに身を沈めて部屋の電気を消す。そして明日を迎えるために目を閉じる。

もしかしたらこの先、愛が朝目覚めたら今日の告白が実った並行世界へとシフトしていて、ひとときの幸せに戸惑いを覚える時が来るかもしれない。そうなったら、帰りたくないと思うかもしれないし、やっぱり結ばれなくてよかったと思うかもしれない。

僕はその時、代わりにその世界からやってきた愛に聞いてみよう。

そっちの世界の僕は、告白が実った君を、どんな言葉で祝福したのか？

きっとそれは、今僕が想像する言葉と大して変わりはしないだろう。

○

当日はあいにく、朝からあまり具合がよくなかった。

しかし家族にはそれを隠し、薬と財布だけを持って家を出た。

「ちょっと出かけてくるよ」

「はいはい。気をつけて」

さすがに長い付き合いだけあって、妻にはばれていたような気がする。けどこれもまた付き合いの長さゆえか、何も聞かずに送り出してくれた。

八月一七日、午前九時半。昭和通り交差点へと向かう。

もう徒歩で行くというのは難しいので、いつもお世話になっている電動の車椅子に乗っている。出そうと思えば時速一〇キロ以上も出せるのだが、今さら何を急ぐこともない。かつては自分の足で闊歩《かっぽ》していた町並みを眺めながら、時速四キロでゆっくりと進む。

なぜか妙に若い頃を思い出す。昔はあんな建物はなかった、あのオブジェはいつなくなったのだろう、この店はなぜ潰れないのか……町並みの一つ一つに思い出を重ね、その光景を目に焼きつける。きっともう、こんな風に外出することはないだろうから。

さて、少しゆっくりしすぎた。一〇分前には到着するつもりだったのに、時計を見ればもう一〇時になるところだった。

昭和通り交差点。この地方都市の中心地を四分割している、最も大きな交差点だ。当然ながら交通量も多く、信号は歩車分離式になっている。昔はすべての道路にまたがる巨大な歩道橋があったらしいのだが、橋脚のせいで見通しが悪く危険だということで撤去されたそうだ。古い写真で見たその歩道橋が僕は大好きで、よく立ち止まっては上を向き、歩道橋を渡る自分を想像したものだ。

そんな思い入れのある交差点だが――

辿り着いてみても、やはり約束に関してはさっぱり思い出せなかった。

今日の午前一〇時。昭和通り交差点。いつの間にか僕の端末に入力されていた謎のスケジュール。もしかしたら自分で入力して忘れているのかもしれない、それなら実際その時になれば思い出すのでは、と淡い期待を抱いていたのだが……無駄だったようだ。

交差点の南西の角の脇、公園と呼ぶほど広くもない一画にささやかな緑が植えられており、そこにレオタードの女がいる。恥じらうように手で胸を隠した肉感的な少女の銅像で、僕が生まれた時からずっとある物だ。見慣れてはいるのだが、モデルが誰なのか、何の意味があってここに建てられているのかなどは一切知らない。

待ち合わせ場所はここのはずだが、信号待ちの人以外、僕を待っていたような人影は見当たらない。車椅子を止めてぼんやりとその銅像を見上げていると、なんだか急に人の目が気になってきて慌てて視線を外す。

いつの間にか歩行者信号が青に変わっており、信号待ちをしていた人たちはもうそこにいない。代わりに横断歩道の向こうからたくさんの人たちがこちらへ歩いてくる。もっとも地方都市のことだ、テレビなんかで見る都会の交差点に比べればずっと少ない。

なんとなく、人々が横断歩道を渡るのを眺める。

ほぼ全員が渡り終えても、信号はまだ点滅もしない。歩行者信号に変わるのが遅い分、歩行者の時間は長めに取られているのだ。

そんな中。

一人だけ、横断歩道に立ち尽くす女の子がいた。

もうあと数歩でこちら側へ渡り終える位置なのに、こちら側へ来るでもなく、あちら側へ走り出すでもなく、ただその場に立っている。

いくら歩行者の時間が長いとは言え、あんな所に立ったままでは危ない。僕は車椅子を動かして横断歩道へと近づき、その子に声をかけた。

「こんにちは。君、そんな所でどうしたの？　危ないよ」

僕の声に女の子が振り向く。中学生くらいだろうか？　白いワンピースを着た、長く真っ直ぐに伸びた黒髪が美しい、かわいらしい子だ。

その子は僕を見ると、少し首をかしげてあどけない声で言った。

「迎えに来てくれたの？」

迎えに来たとは少々大げさな言い方だが、行為としては間違っていないだろう。そうこうしているうちに信号が点滅を始めたので、その子に合わせて言葉を続ける。

「うん、迎えに来たよ。だからおいで、一緒に行こう」

そう言って手を伸ばすと、少女は嬉しそうに微笑んで。

そして、その場で消えてしまった。

手を伸ばしたまま、僕は固まる。

やがて信号が変わり、車が目の前を走り始めたので、とりあえず車椅子をバックさせて銅像の前まで戻った。再び横断歩道に目をやるが、やはりどこにも少女の姿はない。

目の前にいた少女が突然消えてしまう。似たような経験をしたことはあるが、久しぶりだとやはり一瞬頭の中が真っ白になってしまった。

要するに僕は今、パラレル・シフトした——並行世界へ跳んだのだろう。

パラレル・シフトとは、同じ時間のどこかの並行世界にいる自分と意識だけが入れ替わる現象だ。場所が変わっていないということは、この世界の僕も同じ場所にいたということ。ならば比較的近くの世界のはずだが、少女が消えたということは2つや3つ程度の隣の世界ではない。おそらく10くらいはシフトしているのではないだろうか。こんなに跳んだのは久しぶりだ。だとしたら最悪の可能性として、ゼロ世界ではあのまま少女が車にはねられているかもしれない。

いや、そう言えば今日はまだIPを確認していない。ということは、朝起きた時点ですでに僕はどこか別の世界にいて、今ゼロ世界に戻ってきたという可能性もある。

IPを確認するため、手首の端末から音声操作でIEPPの画面を呼び出し、六桁のデジタル数字を表示させる。この数値が0ならここはゼロ世界だが——

だがその画面には、数字ではなく『ERROR』と表示されていた。

「壊れた……？」

なんてことだ。これじゃあ自分が今どの世界にいるのか、分からないじゃないか。

もしも自分が今ゼロ世界にいて、横断歩道に少女がいたのがどこかの並行世界だとすれば、それはもう仕方がない。だが逆に、もしも自分が今いるのが並行世界で、横断歩道に少女がいたのがゼロ世界だとすれば……心配で仕方がない。ゼロ世界に行ったこの世界の僕は、ちゃんとあの子を助けられただろうか？

どうにかして今すぐここがどこの世界かを確認する方法はないか。通行人に声をかけようとして、他人のＩＰを見ても何の意味もないことに気づく。役所に行けば代替端末をもらえるが、いくつもの審査が必要ですぐにもらえるわけではない。

何か方法はないか、何か——と考えているうちに。

ふと、思い出した。自分が今どこの世界にいるのか分からない。そう言えば、昔はそれが当たり前だったじゃないか。

ある一人の科学者によって並行世界の存在が実証され、実は人間は無自覚に、日常的に並行世界を移動しているのだと判明してから数十年。それは今でこそ小学校で教えるくらいの一般常識となっているが、昔は並行世界なんて概念はフィクションの中にしか存在しなかった。あの頃に戻ってしまったというだけのことじゃないのか？

あの時。並行世界というものは、あまりにも突然僕の前に現れた。

僕が初めて並行世界というものを意識したのは、ちょうど一〇歳になる時だった。

第一章　幼年期

七歳の僕は離婚という言葉の意味を理解していて、父と母のどちらと一緒に暮らしたいかと聞かれた時も、特に取り乱すことなく答えを出せた。

父はその道では高名な学者であり、片や母は実家が資産家である。どちらについていっても金銭的な不自由はしそうにない。ならばあとは感情で決めればいいわけで、最終的には母についていくことを選んだ。ただ、これは父よりも母のほうが好きだったとかそういうわけではなく、父についていくと研究の邪魔になるのではと思ったからだ。

離婚の原因は、父と母の会話のずれだったらしい。父は研究所に泊まることが多く、たまに家に帰ってきた時は母に研究の内容を話すのだが、母はいつも全く理解できていなかったようだ。父は「自分が理解していることは相手も理解していて当然」という考えで会話する人だったため、母とは日常会話のテンポも合わず、一人苦悩する母の背中をよく見ていたものだ。

そんな父だから、僕もきっと側にいないほうがいいだろうと判断したというわけである。いや、さすがに当時はそこまではっきりと考えていたわけではないだろうけど。

面白いことに、父と母の関係は離婚した後のほうが良好だった。一度は結婚して子供をもうけたくらいだからお互いにちゃんと愛情はあったらしく、僕が子供だった頃は最低でも月に一回、僕を交えたり交えなかったりで親交は続いていた。きっとそのくらいの距離感が二人にはちょうどよかったのだろう。僕は和やかな様子の両親を喜び、自分が望まれない子供ではなかったことに安堵した。

子供の頃の記憶で特によく覚えているのは、両親が離婚して母方の実家で祖父母と共に暮らし始めてから数ヶ月後、父にエアガンを買ってもらった時のことだ。ある日の休日、僕は母と一緒に公園へ行き、父と会っていた。毎日一緒だったのに月に一度しか会えなくなるのはもっと寂しいものかと思っていたのだけど、よく考えたら父の仕事は勤務時間も休日も不定期で、もともとそんなに顔を合わせているわけでもなかった。むしろ、月一で家族で出かけるようになったことを考えると、反対に触れ合いは増えていたのかもしれない。

「暦《こよみ》」

一ヶ月ぶりに父に名前を呼ばれる。一緒に暮らしていた頃はどのくらいの頻度で名前を呼ばれていただろう？　よく覚えていない。それを思えば、名前を呼ばれるだけのことで喜びを感じられる関係も、そう悪いものではなかったのかもしれない。

「何かほしい物はないか？」

つい先日、僕は誕生日を迎えて八歳になっていた。そのプレゼントということだろう。離婚前は僕に何かを買うのはいつも母の役目だったので、父に買ってもらえるという事実だけで少し嬉しかった。

しかもその時の僕には、ちょうどほしい物があった。

「エアガンがほしい！」

「エアガン？」

「うん。今学校で流行ってるんだ」

「ふむ。どこに売ってるかな」

とあるデパートのおもちゃ売り場で買えることを僕は知っていた。エアガンを持っている同級生がそこで買ってもらったと散々自慢していたからだ。

その足でデパートのおもちゃ売り場へ両親を連れていき、売り場の片隅に少しだけ積まれているエアガンを見つけた。銃の種類なんて全く知らない、とにかくみんなが持っている物が自分もほしい。僕は迷わず一つを取って父に差し出した。

「これがいい！」

「意外と安いな、二千円もしないのか。よし、それじゃあ、」

と、父が言葉を止めた。

なんだろうと顔を見ると、箱にじっと視線を落としている。

「対象年齢、一〇歳以上か」

しまった。そう思った。

当時の僕はまだ八歳になったばかりだ。もちろんエアガンを自慢してくる同級生もみんな八歳あるいは七歳なのだが、細かいことは気にしない親が結構いたのだろう。そして僕は自分の父親がそういう親かどうかをよく知らなかった。ちなみに母は結構気にするタイプだ。だけど今回は父に買ってもらうわけだから、母は関係ないだろう——そんなわけがないのにそう思ってしまうのが子供らしかったと思う。

もしも父が対象年齢を理由に「駄目だ」と言ったら、同級生はみんな持っているということ、八歳も一〇歳も大して変わらないということ、絶対に危ない使い方はしないと約束すること……様々な言葉で父を説得するつもりだった。

だけど、それらはすべて杞憂だった。

「まぁ、八歳も一〇歳も大して変わらないか」

心の中でガッツポーズをした。父は細かいことを気にしないタイプだったらしい。

父の言葉を聞いて、やはり母は少し眉間に皺《しわ》を寄せたのだけど、おそらく離婚したばかりでどこか僕に負い目を感じていたのだろう。結局対象年齢についてうるさく言われることもなく、僕はまんまと少し年上向けのエアガンを手に入れた。

再び公園に引き返し、さっそくエアガンで少し遊ぶ。やがてお腹が空いてきたので食事を共にし、また一ヶ月後に会う約束をして父と別れ、母と二人で家路についた。

家に帰ると、大きなゴールデンレトリバーがじゃれついてきた。

「ただいま、ユノ」

尻尾を振るユノの耳の後ろ辺りをなでてやる。ユノはそうされるのが好きだった。

ユノは僕が生まれたときに祖父が飼い始めた犬で、たまに遊びに来たときはいつも一緒に遊んでいた。それが今では毎日一緒だ。母方の実家で暮らすようになって嬉しかったことの一つがこれだった。

「これ、買ってもらったんだぞ。いいだろー」

ユノにエアガンを見せつける。首をかしげるユノ。いつかテレビで見た、ばーんとやったら死んだふりをする芸がユノにはできるかな？

「ユノにも向けちゃだめよ」

僕の考えが伝わったのか、後ろからちょっときつめの母の声。はーい、とおとなしく返事する。人に向けちゃだめよ、と帰り道で散々言われた後だ。うるさいなぁ分かってるよ、なんて思いながら。

ひとしきりユノをなで回したら手を洗って家に上がり、茶の間に座っている祖父に元気に挨拶をした。

「ただいま、おじいちゃん！」

「おお、お帰り、暦。楽しかったか？」

祖父が柔和な笑みで僕を迎えてくれる。口数は少ないが、いつも甘いアメをくれる優しいおじいちゃんだ。

「うん。おじいちゃん、アメちょうだい」

「今日はもう食べただろ。一日一つだ」

ただ、絶対に一日一つしかアメをくれないのはケチだと思っていた。僕はそのアメが大好きだからたくさんほしいのに、祖父は僕の手の届かない箪笥《たんす》の一番上の引き出しにアメをしまって勝手に取れないようにしていた。

アメ一つ取っても食べすぎはよくないからと一日に一つしかくれない。その厳格さに気づけなかった僕は、買ってもらったエアガンを、何も考えずに祖父に自慢してしまった。

「まぁいいや。それよりおじいちゃん、これ見て！」

「おお、エアガンか。男はやっぱりほしくなるよなぁ。じいちゃんも子供の頃、」

穏やかに微笑んでいた祖父の目が、不意に鋭くなった。

「暦。それを貸しなさい」

「え？　うん……」

ただならぬ祖父の雰囲気に、大人しくエアガンを箱ごと渡す。

それを受け取った祖父は、箱の一部を指さしながら、厳しい声で言った。

「対象年齢が一〇歳以上となっているだろう。お前にはまだ早い」

そう言って祖父は立ち上がり部屋を出ていった。そしてそのまま、僕のエアガンは返ってこなかった。捨てられてしまったのだと僕は思った。

僕は大声で泣き、その日から祖父のことが大嫌いになった。祖父も僕のことが嫌いなんだと思い込むようになった。その分、僕を慰めてくれた優しい祖母に懐くようになり、祖父とはあまり口をきかなくなった。

祖父は祖父なりに僕のことを好きでいてくれたのだと気づいたのはそれから二年後、祖父が亡くなってからだ。

祖父は僕に、一つの謎を残してこの世を去った。

〇

「暦」

障子《しょうじ》の向こうから、おじいちゃんが僕の名前を呼ぶ声が聞こえた。

エアガンを捨てられてから二年が過ぎても、僕はおじいちゃんが嫌いなままだ。アメをもらいに部屋まで行くこともなくなった。だから今の声も聞こえなかったふりをしてこのまま遊びに行ってしまおうかと思ったけど、名前を呼ばれた時に足を止めてしまった。きっとおじいちゃんは僕が聞いてたことに気づいてる。

観念して、おじいちゃんの部屋の障子を開けた。聞こえてたのに無視して遊びに行ったってばれたらきっと怒られる。

「なに、おじいちゃん」

平静を装って部屋に入ると、おじいちゃんはベッドに横になっていた。僕がこの家に来た頃は畳の上に布団を敷いて寝ていたのに、何回かの入院から帰ってくると、おじいちゃんはこうやってスイッチで動くベッドで寝るようになった。

「こっちへ来なさい」

弱々しい声が僕を呼ぶ。前みたいな大きな声はもう出せないらしい。

お母さんから、おじいちゃんは病気だって聞いた。おじいちゃんなんて早く死んじゃえばいいのに。そんなことを考えながらベッドの側まで行く。

「アメが、いるか？」

「……ううん。いらない」

僕はもうずっとアメを食べていなかった。にもかかわらず、あのアメの甘さは今も簡単に思い出せた。本当はほしいのに、なぜかそれを言えなかった。

「そうか」

小さく呟くおじいちゃんが、何を思っていたのかは分からない。

おじいちゃんはアメに関してはそれ以上何も言わず、ベッドの横のテーブルに置いてあった箱を持ち上げて、僕に差し出してきた。

「暦。これを、お前にあげよう」

「なに、この箱？」

学校で使うノートくらいの大きさの箱だ。あんまり重くないし振っても音がしないから空っぽかもしれない。でも見た目は宝箱みたいでちょっとわくわくする。

ただ、その箱は開けようとしても開かなかった。

「おじいちゃん、開かないよこの箱」

「ああ。その箱には、鍵がかかってるんだ」

「鍵は？」

「おじいちゃんしか知らないとこに、隠してある」

「なんで隠すの？　鍵もちょうだい」

「おじいちゃんが死ぬ前に、あげるよ」

そう言われて、心臓がどきっとしてしまった。

僕はおじいちゃんが嫌いだ。

エアガンを捨てられたあの日から、僕は何度も「おじいちゃんなんて早く死んじゃえばいいのに」って思ってる。

もしかしておじいちゃんは、それに気づいてる……⁉

「それから……」

おじいちゃんはまだ何かを言おうとしてたけど、僕は怖くなって、箱を持っておじいちゃんの部屋から走って逃げた。

◯

それから数ヶ月が過ぎた、ある休日。

僕は同級生たちと遊ぶために、昼ご飯を食べてすぐに出かける準備をした。

「暦、どこか行くの？」

玄関で靴を履く僕にお母さんが声をかけてくる。変だな、遊びに行くのは昨日の夜にちゃんと言ったはずだけど。

「うん。友達と遊びに」

「……今日はおじいちゃんの具合が悪いから、遊びに行くのはやめて家にいなさい」

お母さんは真剣な顔でそう言った。だけど僕は。

「……おじいちゃんなんか知らないよ。行ってきます」

そう言い返して、そのまま靴を履いて玄関の扉を開ける。

「せめて、早く帰ってきなさい！」

お母さんの大声には返事をせずに、僕は走った。普段はおとなしいユノが、その日に限って僕の背中に一声吠えた。

でも僕はいつものように遊びに行って、いつものように夕方まで遊んだ。

そして、一応日が傾く前には家に帰りついたんだけど。

それでももう、遅かった。

「ただいまー」

「暦、いつまで遊んでたの！　早く帰りなさいって言ったでしょ！」

僕を迎えたのは、本気で怒っているお母さんの顔と声だった。

「ご、ごめんなさい……でも、どうして？」

怒ってるだけじゃない。お母さんは、泣いていた。

「おじいちゃんが……おじいちゃんが……」

——死んだ、という言葉の意味は、僕にも一応分かった。

だけど、何を思えばいいのか、何を言えばいいのか、さっぱり分からなかった。

「おじいちゃん、暦はどこだって、何度も、何度も……会わせてあげたかったのに……」

お母さんはすぐに怒るのをやめて、また泣き始めた。おばあちゃんも泣いていた。

僕は涙なんて出てこない。おじいちゃんは僕が嫌いだったんだから、会いたくなんてなかったはずだ、そんなことを思ってるくらいだった。

ただ、僕には一つだけ気になることがあった。

「あの、お母さん」

「……なに」

「その……おじいちゃん、僕に何か言ってなかった？　僕に、何かくれるとか」

「おじいちゃんと、何か約束してたの？」

「うん。あの、鍵をくれるって」

「鍵？　なんの鍵？」

おじいちゃんからもらった箱のことは誰にも話してなかった。おじいちゃんのことは嫌いだったけど、こっそり宝箱を隠し持ってるのはどきどきした。

箱のことをお母さんに話そうか。そう悩んでいると。

「おじいちゃん、急に具合が悪くなって、暦を何度も呼んでたのよ。もしかしたら、その鍵をあげようとしてたのかもしれないわ。でも、そのまま……」

そう言って、お母さんはまた泣き出した。

僕はと言えば、おじいちゃんが死んでしまったことよりも、もう宝箱が開けられないかもしれないということのほうが気になっていた。こんなことなら遊びに行かずにずっと家にいればよかった。そうすれば、おじいちゃんから鍵をもらえたかもしれないのに。

鍵はどこにあるんだろう？　箱の中には何があるんだろう？　もしかして、それはもうずっと分からないんだろうか？

僕はものすごく後悔した。本当に、もう鍵は手に入らないんだろうか。

そして真剣に思う。もう一度、おじいちゃんに会いたいと。

幽霊でもなんでもいい。もう一度おじいちゃんに会って、鍵を――

○

――次の瞬間、僕はよく分からない箱の中にいた。

「…………え？」

僕は箱の中で、ベッドのような物に横たわっているようだ。目の前には薄く僕の顔を映す透明なガラス。どうやらこの箱の蓋らしい。手で押してみるけど中からは開かないようで、もしかして出られないのかとパニックになりかける。

なんだ？　僕は家にいたはずだ。おじいちゃんが死んで、お母さんとおばあちゃんが泣いてて……なのにここはどこだ？　なんでいきなりこんな所に？

意味が分からない。開けて、出して、と大声で叫びそうになる。

その時、ガラス蓋の向こうに、人影が見えた。

そこに立っていたのは、僕と同じ年くらいの見覚えのない女の子だった。

思わずガラスを叩く。その音に女の子がびくりと身を竦《すく》める。しまった、驚かせて逃げられては困る。僕はなるべく穏やかな声で話しかけた。

「あの、聞こえるかな？　この蓋を開けてほしいんだ。中からは開かなくて」

幸い僕の声は聞こえたようだ。女の子は箱の周りをあれこれと触り始め、苦心しながらも箱を開けてくれる。

箱から出た僕は、まずは周りを見回した。

白くて広い部屋だ。機械がたくさんあって、いくつものケーブルが僕の入っていた箱に繋がっている。箱と言っても四角い箱ではなくて、なんだかロボットアニメで見たコクピットのような形をしている。

そして、目の前には箱を開けてくれた女の子。

僕と女の子は無言で見つめ合う。白いワンピースを着た、長く真っ直ぐに伸びた黒髪が美しい、かわいらしい子だ。でもやっぱり見覚えはない。

とにかく、ここにいるなら何か知ってるはずだ。思いきってその子に声をかけてみることにする。

「あの……君、誰？　僕、なんでこんなとこに……っていうかここ、どこなのかな」

「……っ！」

僕が声をかけた途端、その子は踵《きびす》を返して走り出した。

「あっ！　待て！」

咄嗟《とっさ》にその後を追いかける。女の子はなんだかごちゃごちゃした建物の中を迷う様子も見せずにすばしっこく逃げていく。かなりこの建物に詳しそうな足取りだ。だんだんと引き離され、ついにその子は裏口らしき所から外へと飛び出してしまった。

数秒遅れて僕もそこから外へ出るが、細い路地に女の子の姿はすでにない。

時は夕暮れ。赤く染まる町並みにも見覚えはなく、途方に暮れて、少しでも広そうなほうへ向かおうとその建物の反対側へと回る。

すると、正面玄関らしい入り口の脇に、建物の名前が書いてある看板があった。

虚質《きょしつ》科学研究所
虚質、というのは分からないけど、科学や研究なら分かる。要するに、お父さんのような学者が仕事をするところなんだろう。

看板のすぐ下には町名と番地が書かれたプレートが貼ってあった。そこに書かれていたのは一応知っている町名だ。ここがそこだとすれば、僕が住んでいる町からは確か歩いて一時間くらいの距離。僕はなんでこんな所にいるんだろう？　お母さんは？　おばあちゃんは？　心細さとわけの分からなさで泣きそうになる。

その時、道の向こう側から人の良さそうなおばさんが歩いてくるのが見えた。僕が駆け寄ると、おばさんは驚いた顔をして足を止めてくれた。

「すいません！　ここってどこですか？」

「え？　どこって？」

「あの、何県、何市、何町ですか？」

「大分県大分市、〇〇町だけど」

おばさんの答えを聞いて少しだけ安心した。やっぱり僕の知っている〇〇町らしい。だったら道さえ分かれば歩いて帰れる。

「あの、××町って分かりますか？」

「ええ、分かるわよ」

「ここからどう行けばいいですか？」

「どうって、もしかして歩いて行くの？　一時間くらいかかるわよ？　お父さんかお母さんに迎えに来てもらえないの？」

「電話、持ってなくて」

「おばさんが貸してあげるわよ。遠慮なく使いなさい」

そう言っておばさんは携帯電話を僕に貸してくれた。親切な人に出会えてよかった。家の電話番号くらいは覚えてる。僕はお言葉に甘えて電話をかけさせてもらった。

『はい、高崎です』

「あ、お母さん？」

『あら、暦？　どうしたの？』

……なんだか、予想してた反応と違う。少し驚いてはいるみたいだけど。

『暦、ケータイ買ってもらったの？』

「いや、通りすがりのおばさんが貸してくれたんだ」

『え？』

「あの、僕もよく分からないんだけど、今から迎えに来てもらえる？」

『迎えに？　いいけど、お父さんは？』

「お父さん？　お父さんはいないけど」

『あらそう。なあに、お父さんとケンカでもしたの？』

「え？」

……なんだか、お母さんとの会話が微妙に噛み合ってない気がする。

『まぁいいわ。それで、どこに迎えに行けばいいの?』

「○○町の、虚質科学研究所ってとこにいるんだけど」

『ああ、やっぱりお父さんと一緒だったの。すぐ行くから、事情は車の中で聞かせてね』

「え？　うん……」

　戸惑いつつも、僕は電話を切った。おばさんに電話を返し、研究所の前まで戻ってお母さんの迎えを待つ。

　お母さん、なんであんなにお父さんお父さんって言ってたんだろう？　今日はお父さんには会ってないのに。だいたい、さっきまではあんなに泣いてたのに。

　それに、僕がいきなりここに来たってことは、お母さんの前からはいきなり消えたってことじゃないのかな？　いや、そんなことあり得ないんだろうけど。そうだったらもっと心配してるだろうし。

　じゃあ、もしかして僕は、ちゃんとお母さんにも言って、自分の足で歩いてここまで来たんだろうか？　それを全部忘れてる？　そんなわけもないと思うけど、瞬間移動よりはあり得るのかな……？

　そんなことを考えながら待っているとすぐに時間が経ったようで、人通りの少ない道に車のエンジン音が近づいてきた。ただ、お母さんの車じゃない。一応立ち上がって、邪魔にならないように道の端っこに寄る。

すると、なぜかその車がスピードを落として近づいてきて、目の前で止まった。

「え？」

運転席に座っているのは、お母さんだった。

おかしい。お母さんは買ったばかりの軽自動車に乗ってるはずだ。なのに今お母さんが乗ってるのは古い乗用車だ。

だけどよく見てみると、その車にどこか見覚えがあるような気がする。

「……あ！」

思い出した。この車は、おじいちゃんが乗ってた車だ。

ここ数年はずっとガレージに入れっぱなしだったのに。おじいちゃんが死んだからなのかな。ガソリンとかどうしたんだろう。

扉を開けて助手席に乗り込むと、お母さんが笑って僕を迎えてくれる。

「あら、お父さんは？」

「だからいないってば」

「ふぅん。どうするの？　このままうちに帰っていいの？」

別に買い物とかの用事はない。今はとにかく見慣れた家に帰って落ち着きたい。僕はそのまま車を出してもらった。

運転しながら、お母さんが僕に聞いてくる。

「で、今日はどうしたの？　お父さんと何かあったの？」

　またお父さんだ。どういうことだろう？

「何もないよ。っていうか、今日はお父さんと会ってないし」

「じゃあなんであんなとこにいたの」

「研究所？　お父さんと何か関係があるの？」

「あるも何も、お父さんの仕事場じゃないの」

　びっくりした。確かにお父さんは学者だから、似たような所で働いてるんだろうと思ったけど、まさかあそこだったとは。

「そうだったんだ……」

「忘れてたの？　最近行ってないの？」

「最近も何も、一回も行ったことないよ」

「あら？　お父さんは連れていったって言ってたけど」

「お父さんと？　行ったかな……」

「暦が小さい時にも何回か行ったことがあるわ。覚えてないかもしれないけど」

　そうだったんだ。全く記憶にない。よほど小さい時だったんだろう。

　でも……なんだろう。さっきからこの、なんて言うか……違和感は。

　何か、何かがどうも、気色悪い。

どこか微妙に噛み合わない会話を続けながら、車は僕の家に帰りつく。庭にいつもの軽がない。どうしたんだろう？

玄関先で僕が降りると、お母さんは裏手のガレージへ車を持っていく。

とりあえずユノをなでて落ち着こうと思ったけど、庭に姿は見えなかった。もう小屋に入って寝てしまったのかもしれない。だったら起こすのもかわいそうだ。

晩ご飯のいい匂いがする。そう言えばお腹が空いた。玄関を開けて中へ入る。

「ただいまー」

「あら、あらあらあら暦！」

台所に立っていたらしいおばあちゃんが笑顔で僕を呼ぶ。なんでこんなに機嫌がいいんだろう？　さっきおじいちゃんが死んだばかりなのに。

「よく来たねぇ。さぁさぁお座り。お腹空いてないかい？　すぐご飯にするからねぇ」

……もしかして、おじいちゃんが死んだショックで少しおかしくなってしまったんだろうか？　さっきまでの泣き顔からは信じられない機嫌の良さに不安を覚えつつ、促されるままお茶の間の障子を開ける。

そして僕は、今度こそ完全に思考を停止させられた。

なぜなら、四角い座卓の前にどかっとあぐらをかいて。

「おお、暦か。久しぶりだなぁ。ま、座れ。じいちゃんの隣に座れ」

さっき死んだはずのおじいちゃんが、僕を手招きしていたからだ。

○

いくつかのことを考えた。

まずは夢。そうであってくれればどんなによかっただろう。けどこの夢はほっぺたをつねっても叩いても覚めることはなかった。

次に、幽霊。僕はさっき、幽霊でもいいからもう一度会いたいと思った。でも勇気を出して触ってみた結果、おじいちゃんはちゃんと感触も体温もあった。

一応、僕の頭がおかしくなってしまった可能性。これは違うと信じたい。

結局わけが分からず、それでもなるべく冷静に、お母さんやおじいちゃんやおばあちゃんから少しずつ話を聞き出した。

結果、僕は一つの結論に辿り着かざるを得なかった。

ここは、僕がいた世界じゃない。

この世界は、三年前に両親が離婚した時、僕がお母さんじゃなくてお父さんについていった世界だ。何かのアニメで見た、並行世界、というやつらしかった。

この世界の僕は、この家じゃなくてお父さんと一緒に住んでいる。だからお母さんがやたらと「お父さんは？」と聞いてきたし、おばあちゃんがあんなに喜んだんだ。

この時、すんなりとその事実を受け入れることができたのはどうしてだろう。元の世界に戻れるのかという心配もしなかった。それよりも、その結論に辿り着いた僕がその先に考えたことは、一つだけだった。

この世界では、まだおじいちゃんが生きている。

ということは、おじいちゃんから、宝箱の鍵を手に入れられるんじゃないか？

○

おじいちゃんに話しかけるのは勇気のいることだった。元の世界では、僕はもうほとんどおじいちゃんと話してなかったからだ。

けど、それ以上に宝箱のことが気になって仕方なくて、思いきっておじいちゃんの部屋に向かった。二年ぶりのことだ。

「あの、おじいちゃん」

「おお、暦か？」

「ちょっと、お話ししていい？」

「もちろんいいとも。入れ入れ」

おじいちゃんは、拍子抜けするほどに優しかった。僕の世界ではおじいちゃんは僕のことを嫌いなはずだから、逆に怖いくらいだった。

でも同時に僕は思い出す。エアガンを捨てられたこと以外は、もともと僕の世界のおじいちゃんも優しかったということを。

僕はそれから二年もおじいちゃんを避け続けて、結局話もしないまま、おじいちゃんは死んでしまった。今さらながら、もっとおじいちゃんと話しておけばよかったと思い始めていた。そうすれば意外と簡単に仲直りできて、鍵も一緒にもらえたかもしれないのに。

そう思うと、宝箱のことがもっと気になってきた。おじいちゃんがこの世界と同じ優しいおじいちゃんだったとしたら、いったい僕に何をくれたんだろう？

「あのさおじいちゃん、宝箱って持ってる？」

「宝箱？　いや、持ってないなぁ」

どうやら話はそう簡単にはいかないようだった。

この世界のおじいちゃんは、僕にくれた宝箱をそもそも持っていないという。もしもあの箱が僕のために買ったものなら、この世界の僕はおじいちゃんとは別々に暮らしてるんだから仕方ないのかもしれない。

「箱がいるのか？　お菓子が入ってた缶の箱とかならいくらでもあるぞ」

あからさまにがっかりしてしまった僕の顔を見て焦ったのか、おじいちゃんはそんなことを言い出す。でも僕がほしいのはそんな物じゃないんだ。

「ああ、お菓子と言えば、アメいるか？」

おじいちゃんはそう言って立ち上がり、箪笥の一番上の引き出しから、僕が好きだった甘いアメを取り出した。

懐かしいな。おじいちゃんがいつもくれてたアメだ。こっちの世界のおじいちゃんも同じとこにしまってるんだ。二年前は届かなかったその引き出しが、背の伸びた今の僕なら届きそうだった。

おじいちゃんがくれたアメを口に放り込んで、大好きだった甘さが久しぶりに口の中に広がった時、ふと思いついた。

この並行世界はいろんなところで僕の世界とは違ってるけど、同じところもたくさんある。おじいちゃんのアメのしまい場所もそうだ。

だとしたら、おじいちゃんが考えることも、基本的には同じなんじゃないのかな？

「あのさ、おじいちゃん」

「うん？」

「えっと、宝箱っていうのはね、お父さんが僕にくれたんだ。でも、鍵だけはどこかに隠しちゃったんだよ。それで、僕に見つけてみろって言うんだ。おじいちゃんだったらどこに隠す？」

この世界の僕はお父さんと一緒に暮らしてる。だからこんな作り話を思いついた。もしおじいちゃんの考えることがどっちの世界でも一緒なら、こっちの世界のおじいちゃんの答えをヒントにして、元の世界で鍵が見つけられるかもしれない。

「それは、お父さんも面白いことをするなぁ」

少し笑って、おじいちゃんは真面目に考え始める。

「隠し物には二通りある。絶対に見つけられたくない物と、本当は見つけてほしい物だ。どっちかによって隠し方も変わってくる。宝探しなんてのはだいたい見つけさせるのが目的だけど、お父さんはどっちだろうな？」

「それは、見つけてほしいんじゃないかな。見つけてほしくないなら、そもそも宝箱を僕にくれないでしょ？」

「うん、そうだな。暦は賢い。となると、もしおじいちゃんが暦に宝箱をあげたとして、その鍵を見つけさせるために隠すなら」

考え込むおじいちゃん。そして一つの答えを出す。

「今の暦は見ないけど、いつかは絶対に見る所に隠すかな。それなら適度に隠しておけると思う」

「それってどこ？」

「それは、おじいちゃんはお父さんの家は知らないから分からないなぁ」

「この家で！　この家に隠すとしたらどこ⁉」

「この家でか？　うーん、どこだろうなぁ」

一番肝心なその答えを、結局おじいちゃんは思いつかなかった。広い家だから隠せそうな場所はいくらでもあるんだけど。

「……隠すと言えば、ユノも昔はよく靴やら何やら隠してたなぁ」

ふっと、おじいちゃんの声のトーンが下がる。

それを聞いて少し驚いた。僕の知る限り、ユノはそんな悪さは全くしないからだ。

そこで思い出した。ああそうだ、ここは並行世界だった。この世界のユノは、僕の知ってるユノとは違うんだ。

こっちの世界の僕はこの家には住んでない。ということはユノともしばらく会ってないはずだ。とりあえず、そんなふりをしておいたほうがいいかもしれない。

「ユノは、元気？」

僕の問いに、おじいちゃんは目を細めて答えた。

「そうだな……きっと、天国で元気にしてるさ」

思わず、大声を出してしまいそうになった。

天国で元気にしてる、ということは。

この世界のユノは、死んでるんだ。

「ユノはな、暦が生まれた時に飼い始めたんだぞ」

その話は今までにも何度か聞いたことがあった。子供が生まれたら犬を飼いなさい、という詩も覚えるほどに聞かされている。

「子供が生まれたら犬を飼いなさい。

子供が赤ん坊の時、子供の良き守り手となるでしょう。

子供が幼年期の時、子供の良き遊び相手となるでしょう。

子供が少年期の時、子供の良き理解者となるでしょう。

そして子供が青年になった時、自らの死をもって子供に命の尊さを教えるでしょう。

……暦、お前は強く、優しくなりなさい。ユノの分まで」

おじいちゃんは、たまにしか遊びに来ない僕のためにわざわざユノを飼い始めた。それは僕の世界のおじいちゃんも同じだ。

「……ユノが昔、靴とか隠してたって本当？」

「ああ。小さいころはよく悪さしてたもんだ」

「でも、隠したりしなくなったよね？」

「ちゃんと叱って躾けたからな。暦を噛んだりしたら、暦もユノもかわいそうだ」

それを聞いて、僕はやっと分かった気がした。

悪いことをしたら叱る。それは、相手が嫌いだからじゃないんだ。

対象年齢一〇歳以上のエアガンを、八歳の僕が持っていた。それは悪いことだから取り上げられたんだ。人を傷つけないように。それで僕が傷つかないように。

きっとこの世界のおじいちゃんも、僕がエアガンを買ってもらったらやっぱり捨ててたんだろう。なのに僕はおじいちゃんのことを鬼か何かのように決めつけて、嫌われてると思い込んで、一方的に嫌ってしまった。

おじいちゃんは、やっぱり優しかったんだ。

「……ユノに、会いたいな」

元の世界に戻りたい。そう思った。

この世界ではおじいちゃんが生きている。けど、ユノはもういない。

僕の世界ではユノが生きている。けど、おじいちゃんはもういない。

「暦はまだしばらく会えないけど、おじいちゃんはもうすぐ会えるかもなぁ」

おどけてそんなことを言うおじいちゃん。その意味が、僕にも分かってしまう。

僕の世界と基本的に同じ並行世界。もしかしたら、この世界のおじいちゃんも僕の世界のおじいちゃんと同じ病気で、もうすぐ死んでしまうのかもしれない。

そして僕が元の世界に戻れたら、ユノももうすぐ死んでしまうのかもしれない。

おじいちゃんもユノも両方の世界で死んでしまって、もうどこにもいなくなる。

僕は今さらながらに、おじいちゃんが死んでしまったことを悲しく思い始めた。鍵をもらえなかったこととは別の後悔が、初めて僕の中に生まれた。

「あのさ、おじいちゃん」

「うん？」

「今日、一緒に寝てもいい？」

「……あぁ、あぁもちろんいいとも」

その時のおじいちゃんの、くしゃっと笑った本当に嬉しそうな顔を見て、なぜだか僕はより一層悲しくなってしまった。

だけど、無理やりその悲しさを呑み込んで。

「あと、アメもう一つちょうだい」

「駄目だ。アメは一日一つまでだ」

僕は少し安心して笑ってしまう。ああ、やっぱりおじいちゃんはおじいちゃんだ。

そして夜、おじいちゃんの隣でうつらうつらと眠りに落ちていく意識の中で。

僕は不意に、鍵のありかが分かったような気がした。

○

次の日の朝。

目が覚めた僕は、なぜかお母さんと一緒に寝ていた。

「うわぁっ⁉」

「ん……暦、起きたの……？」

まぶたをこすりながらお母さんが言う。どうもお母さんは、僕が一緒に寝ていることを不思議に思っていないらしい。二年くらい前から、一緒に寝たことなんて一回もないのに。

当然ながら、一緒に寝ていたはずのおじいちゃんはいない。

これは、もしかして。

「お……おじいちゃんは？」

恐る恐る聞くと、お母さんは一瞬はっきりと目を開いて、それからまた目を細めて、僕の頭をなでた。

「お葬式屋さんに綺麗にしてもらって、今は仏様のお部屋で寝てるわ」

やっぱりそうだ。僕は元の世界へ戻ってきたらしい。そしてこっちの世界の僕は、昨日の夜なぜかお母さんと一緒に寝たということだ。

……僕があっちの世界へ行ってたのに、こっちの世界にも僕がいた？

「あの、お母さん。昨日の夜は……」

「なぁに、寝て起きたら恥ずかしくなった？　夕べの暦は甘えんぼさんだったもんね」

ああ、そうか。

僕が昨日、お父さんと暮らしている世界へ行っていたのと入れ替わりに、こっちの世界には昨日、お母さんと別れたあっちの世界の僕が来てたんだ。

あっちの世界の僕は、お母さんに甘えたんだろう。そう考えると、僕もあっちの世界でお父さんに会っておけばよかったと少し後悔する。あっちの世界の僕はお父さんと暮らしてるんだから、きっと僕よりもお父さんと仲がいいはずだ。

あっちの世界の僕は、こっちの世界でおじいちゃんが死んでいるのを知って、何を思ったんだろう。

「お母さんね、暦はおじいちゃんのことが嫌いなんだと思ってた。でも、そうじゃなかったのね」

お母さんのその言葉で、答えが少し分かる気がした。

◯

僕は久しぶりに、おじいちゃんの部屋へ来ていた。

二年前までは毎日のように来てアメをもらっていたのに、おじいちゃんのことを嫌いになってからはほとんど来なくなってしまった部屋。

あっちの世界のおじいちゃんの部屋と、違うところはほとんどない。アメをしまっている箪笥の位置、大きさ、形、すべて同じだ。

おじいちゃんは、僕が来なくなってもアメを用意していたんだろうか？

今の僕にはその答えが分かる気がした。

きっと、アメはある。

だって、僕が宝箱をもらったあの日もおじいちゃんは言っていた。アメがいるかって。

あの時「いらない」と言ってしまったことを後悔する。素直にもらっておけばよかった。

きっとあれは、おじいちゃんと仲直りする最大のチャンスだった。

一番大きな箪笥に近づく。二年前は手が届かなかった一番上の引き出しも、背が伸びた今なら一人で開けられる。僕ももうすぐ一〇歳だ。

おじいちゃんがいつもアメを取り出していた引き出しを、開ける。

そこにはやっぱり、僕が大好きだったアメがあった。

「一つもらうね、おじいちゃん」

アメを一つ口に入れる。口の中に大好きな甘さが広がる。けど、僕が本当にほしいのはこれじゃないんだ。アメの袋に手を入れてさらに中を探る。

きっと、ここに――

「……あ」

指先に、何か硬い感触があった。

つまんで取り出してみると、それは鍵だった。

「……やっぱり、あった」

僕は、向こうの世界のおじいちゃんが言っていたことを思い出す。

『今の暦は見ないけど、いつかは絶対に見る所に隠すかな』

宝箱をもらった時の僕はおじいちゃんを嫌ってて、おじいちゃんの部屋に近づかないようになっていた。それでもおじいちゃんは、いつかきっと僕がまたアメをもらいに来るって信じてたんだ。

その時に自分がもう死んでいても、その時の僕ならきっと背が伸びてて、自分で引き出しを開けられるだろうから。

だからおじいちゃんは、そこに宝箱の鍵を隠したんだ。

僕は自分の部屋に隠していた宝箱を取り出し、鍵と一緒に仏様の部屋、おじいちゃんが眠っている所へ行った。

おじいちゃんは布団に寝ていた。幽霊のような青白い顔を想像してたけど、どちらかと言うと少し黄色みがかってるように見えた。

元から痩せてたけど、なんだかもっと痩せてしまったように見える顔。

怒った顔ばっかりよく覚えてる。今はなんだか別人のように見える。

おじいちゃんは死んだ。

もう二度と僕を怒らないし、もう二度と僕にアメをくれないんだ。

僕は急に、怖くなった。

おじいちゃんに宝箱をもらってから、僕はおじいちゃんとまともに話してない。

「おじいちゃん？」

眠っているおじいちゃんを呼んだら、いきなり涙が出そうになった。

「おじいちゃん。宝箱、開けるね」

涙がこぼれてしまう前に、僕は宝箱に鍵を差し込んだ。

かちり、と音がして、軽い手応え。

僕は、宝箱のふたを開ける。

「あ……」

中に入っていたのは、箱に『対象年齢一〇歳以上』と書かれた、エアガンだった。

「これ……あの時の……」

八歳の時、お父さんにねだって買ってもらって、お前にはまだ早いとおじいちゃんに取り上げられた、あのエアガン。僕がおじいちゃんを嫌いになったきっかけの。

捨てられたとばかり思ってた。おじいちゃんはずっと、捨てずに持ってたんだ。

箱の上には、二つに畳まれた小さな紙がある。僕はそれを開いてみる。
そこには、がたがたに震えた、僕よりもずっとへたくそな字で、こう書かれていた。
一〇歳おめでとう、暦。人に向けてはいけないよ。
家の外で、ユノがわんと鳴いた。

幕間

これが、僕が並行世界というものを意識した最初の出来事だ。ちなみに、予想に反してユノはそれから二年間生き、事故などではなく寿命で息を引き取った。

今思えば、この頃から並行世界というものは急速に世間に認知され始めたような気がする。大々的に「並行世界の存在を実証した」と発表したのは、日本の虚質科学研究所だった。そう、僕の父が勤める研究機関だ。

発表の内容は、次のようなものだ。

この世界には数多くの並行世界が実在し、人間は日常的に、無自覚にその並行世界間を移動している。移動は物理的に肉体が移動するわけではなく、意識のみが並行世界にいる自分と入れ替わる形で行われる。この時、時間は移動しない。

近くの並行世界ほど元の世界との差違は小さく、極端に言えば、一つ隣の世界とは朝食が米だったかパンだったか程度の差違しかない。

また、近くの並行世界ほど無自覚に移動してしまう頻度は高く、移動している時間は短い。これらが人々が並行世界間移動に気づかない理由である。そのため「あそこにしまったはずのものがない」「一度探したはずの場所から探し物が出てくる」「約束の日時を勘違いしていた」などの、いわゆる記憶違い、勘違い、物忘れといった現象が起こる。

ごくまれに、遠くの並行世界へ移動してしまうケースもあると思われる。遠くの世界ほど元の世界とはかけ離れており、そこへ移動してしまった人間は、自分があたかも異世界に迷い込んだかのように思うはずである。

この並行世界間移動のことを『パラレル・シフト』と名付ける。


第一弾の発表としては、大まかにこのようなものだった。

その発表は最初、当然ながら学会で一笑に付された。だが発表者である虚質科学研究所所長の佐藤絃子《いとこ》教授が次々と詳細な論文や実験結果を提示すると、パラレル・シフトは空前の論争を巻き起こした。

世界各地の学者や研究機関がパラレル・シフトを確認するため、あるいは否定するために一丸となった結果、並行世界の存在はわずか三年で世界中の研究機関が認めるところとなり、虚質科学は学問の一分野となった。

僕が一五歳になる頃には、ＩＰ（各並行世界を特定するための指紋のようなもの。日本語では『虚質紋』）を測定するための機器が試作されており、各業界の識者がサンプルとしてそれをモニターしている時代だった。これが後の『ＩＥＰＰカウンター』となる。

今の時代、人間は生まれた時に必ずウェアラブル端末をつけさせられる。それにインストールされているのがＩＥＰＰカウンターである。自分が生まれた時の世界をゼロ世界として登録し、常にＩＰを測定し続けることで自分が今どの世界にいるのかを相対的に知るためのソフトだ。これにより、並行世界は人々にとって馴染み深いものとなっていった。

とは言え、僕が一五歳の頃はまだまだ並行世界をフィクションだとしか思っていない人も多かった。虚質科学というものを知っている人の中にも、なかなかそれを認められずにオカルト扱いする人もいたものだ。

一五歳。

世界が並行世界との付き合い方を考えるために大きく揺れ動いていたその時代に、僕の個人的な世界にも人生を左右する大きな出来事があった。それもやはり、並行世界が絡んだ出来事だった。

最も――今回の場合は、かなり特殊なケースだったのだけど。

第二章　少年期

テスト勉強というものを、一度もしたことがない。

自分で言うのもなんだけど、どうやら僕は周りの人たちに比べて少し――いや、かなり頭がいいみたいだった。

授業の内容を理解するのには予習も復習も必要なく、小学生の時は一〇〇点ばかり取っていた。中学、高校と進むにつれてさすがに一〇〇点は減っていったけど、それでも九〇点以下を取ることなんてまずなかった。

そんな僕が、中学生の時に全能感を抱いて自分を特別視し、周りの生徒を心の中で馬鹿にするようになったのは、若気の至りというやつだ。

もちろん、それ相応の代償もあった。僕はお前たちとは違うんだという驕《おご》り高ぶった意識は隠しているつもりでもにじみ出るものらしく、中学生の時の僕にははっきり言って友達がいなかった。それでいいと思っていたのか思い込もうとしていたのか、とにかく僕は自分から進んで孤立するようになった。

ただ、どうにも僕は生来の寂しがり屋だったらしく、中学の卒業が近づく頃にはそんな自分の学生生活を強く後悔していた。例えば休み時間、読書に集中しているふりで周りのクラスメイトの会話に耳を傾けると、卒業前に何か記念になることをやろうだとか、卒業式の後にカラオケに行こうだとか、みんな楽しそうなことを話していた。

もちろん僕にはお誘いなんてかからない。そんなくだらないことに巻き込まないでくれ、というオーラを出しながら、心の中ではみんなが羨ましくて仕方なかった。

そして迎えた卒業式の日。みんなは卒業アルバムを交換し、最後の空白のページにメッセージを書き合っている。

そんな生徒たちを横目に僕は一人で家に帰り、真っ白なままの最後のページを寂しく見つめながら、決意した。

高校では、友達を作ろう。

僕が進学する高校は県下で最難関の進学校だ。少なくとも、僕のクラスから同じ高校に進学する生徒は一人もいなかった。つまり、高校では誰も僕を知らない状態からスタートできるのだ。学力も同じくらいの人たちが集まるはず。今度は他の生徒を馬鹿になどせずに、学生らしい友情を築いていこう、と。

入学試験は卒業式の四日後。最難関とは言え、僕が本気で受験勉強すれば全教科満点で合格する自信さえあった。けれど、もしそうなったらそれが原因で壁を生んでしまい、また孤立してしまうかもしれない。だから僕は受験勉強を一切しなかった。しなくても合格する自信はあったし、実際に合格した。

高校の入学式を一週間後に控えたある日、進学先の高校から連絡があった。入学式で、新入生総代を務めてほしいという。

どうして僕が、と聞いたところ、答えは簡単だった。勉強を一切せずに受験したにもかかわらず、僕は首席で合格してしまったらしいのだ。

強制ではないということだったので、僕は新入生総代を辞退した。総代などをやればトップで合格したことが分かってしまい、友達作りに悪い影響が出るかもしれないと思ったからだ。中学時代は成績がよかったせいで友達がいなかったのだと、この時は本気で思い込んでいた。

辞退は受け入れられ、僕は何食わぬ顔で入学式へ参加した。総代として壇上で新入生代表挨拶などをしていたのは眼鏡をかけた女子生徒で、二番目の成績で合格した生徒に話がいったのだと後から聞いた。

この時、新入生総代を辞退したことが、僕の人生に大きな影響を与えた。

きっとどこかの並行世界には、そのまま新入生総代を引き受けた僕もいるのだろう。

そっちの僕は、果たして幸せでいるのだろうか。

たまに、それが無性に気になる。

○

高校では友達を作る。僕のそんなささやかな野望は、一ヶ月もせず失敗に終わった。

最初は頑張ろうとしたのだ。他の生徒に積極的に話しかけたし、なるべく目立つような言動はしないよう心がけた。

だが、ここでも成績というものが僕の邪魔をした。

県下でトップの進学校だからか、一年時のクラスは成績順で決められていた。僕は一番成績のいいAクラスで、どうも遊びよりも勉強のほうが大事だという雰囲気が強く、人よりも優れた成績であることが心のよりどころな生徒が多いようだった。これならもっと手を抜いて下のクラスに入ればよかったと、最初は思っていた。

Aクラスの生徒は余暇でも塾などで勉強している生徒ばかりで、脳天気に遊びに行こうなどと言い出せばそれはそれで異端視されるような気がして言い出せず、勉強ばかりしているクラスメイトを見ながら僕は、でもこいつら、勉強してない僕より成績悪いんだよな……と、ついに思ってしまった。

一度そう思ってしまうとあとはもう駄目だ。中学の時と同じように、僕はクラスメイトを心の中で馬鹿にするようになっていた。真面目に成績を競う気にもなれず、定期考査ではわざと悪い点を取った。97点、89点、83点、79点、73点……こんなのでも上位の成績だったのだから拍子抜けだ。

当然ながら友達なんてできるわけがない。クラスの中では勉強を優先しながらもいつの間にか仲のいいグループができたりしているのに、僕はまた孤立していた。

こうして、僕が中学の時と同じように休み時間は一人で本を読むだけの存在となっていた、ある夏の日の放課後。

物語は、唐突に始まった。

○

「暦」

最初は、それが自分の名前を呼ぶ声だと気づかなかった。

当然だ。高校に入って以来ずっと僕は一人で登下校しているし、何か学校の用事があって話しかけられる時は決まって名字の『高崎』で呼ばれる。放課後に、用事もなく、親しくもない女子生徒からいきなり下の名前で呼び捨てにされるなど、僕の高校生活には起こるはずのない出来事だった。

だから僕は、耳には入っていたその言葉を自分にはなんの関係もない雑談の一部だろうと判断して鞄を持って教室を出ようとした。

「ちょっと」

だけどさすがにそう言って腕を掴まれては無視することもできない。内心ではかなり驚きながら振り向いた。

「なんで無視するのよ、暦」

意味が分からなかった。

僕の腕を掴んで、冷たい目で僕を睨みつけているのは、クラスメイトの……瀧川和音《たきがわかずね》、だったか。長い黒髪を後ろで一つに結んだ眼鏡の女子生徒。成績優秀なAクラスの中でも常に首位を維持している才女で、僕が辞退した新入生総代を引き受けた生徒でもある。

クラスメイトではある。でも、彼女と会話をしたことなどただの一度もなかった。クラスの仕事や委員会で一緒になったこともなく、名前を呼ばれたこともない。ましてや下の名前を呼び捨てなんて。

いったい何が起きているのか分からず、ただ呆然と彼女の顔を見返す。おそらく間の抜けた顔になっていたのだろう。彼女は眉間に皺を寄せて。

「なんて顔してるのよ……それとも、まだ気にしてるの？　もう怒ってないから」

分からない。さっぱり意味が分からない。僕が何を気にしてるって？　君が何を怒ってるって？　頭が疑問符で埋め尽くされる。

「いいから、一緒に帰ろう。まだ謝りたいなら聞いてあげるから」

そう言って瀧川さんは僕の手を取り、教室を出ていこうとする。女子と手を繋いでいるのに嬉しくもなんともない、むしろだんだん恐怖すら感じ始める。

「あの、瀧川さん？」

繋がれた手を振りほどく度胸もなく、目の前を歩く背中に恐る恐る話しかける。すると瀧川さんは歩みを止めて振り向いた。

「なに、その呼び方。ケンカするにしても、そういうやり方、嫌い」

「ケンカって、そんなことしないし……じゃあ、なんて呼べばいいの？」

「……怒ってるの？」

駄目だ。会話が成立しない。もしかしたらこの子は勉強のしすぎでノイローゼになってしまったのかもしれない。

僕と瀧川さんの謎のやり取りは、教室に残っているクラスメイトの注目を集めてしまっている。友達を作ることはもう諦めたが、悪目立ちはしたくない。

「とにかく、手を離して……」

意外と素直に、瀧川さんは僕の手を離す。表情とは裏腹に温かい手のひらが離れていくのを一瞬だけ惜しく思ったけど、そんなことを気にしてる場合じゃない。

「瀧川さん、どうかしたの？」

「それはこっちのセリフ。暦、何かおかしい。確かに最近ちょっとすれ違い気味だったけど、こんなやり方、暦らしく」

そこまで言って、瀧川さんははっと何かに気づいたように目を見開いた。

そして左手首に巻かれた腕時計に目を落とし、鋭く息を呑んで顔を上げた。何かを言おうと口を開き、だけどそのまま沈黙する。

「……ごめんなさい」

五秒くらいの沈黙の後、瀧川さんはそれだけ言って逃げるように教室を出ていった。

クラスメイトからの好奇の視線。どうやらみんなも本当に勉強にしか興味がないというわけでもなさそうだ。今さらどうでもいいけど。

廊下に出てみると、すでに瀧川さんの姿はなかった。

○

孤高の才女、という呼び名がとてもよく似合う人だと思う。

瀧川和音。一つ結びの黒髪は腰に届くほど長く、度のきつい眼鏡の向こうでは細い目が冷たく他者を拒絶している。高校生活が始まって約三ヶ月の間、クラス内での成績は一度も首位をゆずったことがない。また、他の生徒と仲良くしているのを見たこともない。

そんな瀧川さんの昨日の奇行は、いったい何だったのだろう。

家に帰った後さんざん考えてみたけど、やっぱり僕には瀧川さんと会話した記憶などない。それどころか、同じ教室で三ヶ月を過ごしていながら、目が合ったことすらないのではないか。当然下の名前で呼ばれるような関係でもないし、ましてやケンカなど。

人違いかとも思ったが、瀧川さんは間違いなく「暦」と言った。してみると昨日、瀧川さんは確かに、僕に話しかけてきたはずだ。

教室の左前方の席に座っている瀧川さんにちらりと目をやる。僕の席は教室のほぼ真ん中なので、斜め後ろから見る形だ。瀧川さんは背筋を伸ばして黒板のほうを向き、目を細めて授業を聞いている。じっと見ていて分かったのだが、瀧川さんはほとんどノートを取っていない。たまに何事かを書き留めているようだが、板書を書き写すようなことは基本的にしていないようだった。僕と同じだ。

授業が終わり一〇分間の中休み。次の授業の準備をしながら、こっそりと瀧川さんの様子を窺う。けれど、瀧川さんは僕のほうなど見向きもしない。他者を寄せ付けないオーラを放ちながら、授業と授業の合間の短い時間で文庫本を読み進める姿は、昨日の出来事など夢だったんじゃないかと思わせる。

そんな僕と瀧川さんに、時折ちらちらと視線を向けてくるクラスメイトたち。二人がいったいどういう関係なのか気になっているのだろう。それを直接聞いてこないのは、僕に友達がいないからだ。友達がいれば今頃質問攻めにあっていたと思うので、皮肉にも友達がいないことに感謝する。なんせ、二人の関係が一番気になっているのは僕なのだから。

可能性があるとしたら、一つ、心当たりがないでもないのだけど。

そんな感じで今日一日、こそこそと瀧川さんの様子を窺いながら過ごした。けれど休み時間も放課後も、結局瀧川さんは僕に目もくれず。帰り際に声をかけようかとも思ったが、教室を出ていくその背中をただ見送ることしかできなかった。

もし僕の予想が当たっているとしたら、あまり気にしないほうがいいのかな——そう思いつつ昇降口で下駄箱を開けると、僕の靴の上に二つに畳まれた紙が置いてあった。

なんだろう。その場で開いて中身に目を通す。

それは、瀧川さんからの手紙だった。

○

「いらっしゃいませ！　お一人様ですか？」

「あ、いえ、連れが先に来てると思うんですけど」

「お連れ様のお名前をよろしいでしょうか」

「瀧川、です」

「タキガワ様……はい、伺っております。三〇一号室へどうぞ。あちらにエレベーターがございます」

店員さんに促されるままエレベーターに乗り、三階のボタンを押す。

駅前から一五分ほど歩いた所にあるカラオケボックス。少々遠いことと値段が高いことから学生はあまり利用しない店だ。部屋が綺麗で食べ物もなかなかおいしいので、社会人には人気だと母さんが言っていた。

三階につき、三〇一号室の扉を見つける。

ドアノブに手をかけ、一つ深呼吸。そして、意を決してそのドアを押し開けた。

ところが、中には誰もいない。

椅子の上に学校の鞄が置いてあるので、どうやら来てはいるらしい。トイレにでも行っているのか。なんとなく拍子抜けしてしまう。どうしよう、座って待っていようか？　それとも一回外に出て――

「高崎くん？」

「うわぁっ」

いきなり後ろから声をかけられて、驚きのあまり僕は足をもつれさせ、部屋の中へと倒れ込んでしまった。

「大丈夫？」

あまり心配しているようには聞こえない声で言いながら、僕を見下ろしているのは瀧川さんだった。その手には飲み物が入ったグラスを持っている。

「だ、大丈夫」

「飲み物を取りに行ってたの。フリードリンクだから高崎くんも行ってきたら？　グラスはそこに置いてるのを使って」

言われるがままにドリンクを取りに行く。氷を三つとジンジャーエールをグラスに注いで、部屋までの短い距離を歩きながら、もう一度心を落ち着かせる。

あれ、そう言えば瀧川さん、僕のことを「高崎くん」って呼んだな。いや、それが普通なんだけど、昨日は「暦」だったのに。

とにかく、わざわざ瀧川さんから呼び出してきたんだ。しかも学生がほとんど来ないであろう場所へ。何らかの説明はしてもらえるはず。

おそらく、僕の予想通りだとは思うんだけど。

若干の不安と期待を胸に、再びドアを押し開ける。

瀧川さんは授業中と同じようにぴんと背筋を伸ばし、ストローで紅茶か何かを飲んでいた。僕も向かいに腰を下ろしてジンジャーエールを一口。気まずい。僕から口を開くべきなのだろうか。いや、瀧川さんからだと思うのだけど。まさか本当にカラオケをするために呼び出したわけではあるまい。けれど瀧川さんは黙ったままだ。抑えた音量でスピーカーから流れている流行りの歌がかろうじて場を持たせている。

その歌が終わって、部屋が静かになると。

「昨日は、ごめんなさい」

表情も変えずに、瀧川さんが頭を下げた。

「あ、いや、その……別に、いいんだけど」

「驚いたわよね」

「うん……あの、どういうこと？」

その問いには直接答えず、瀧川さんは自分の手首に巻いている腕時計を僕に見せた。

「これ、なんだか分かる？」

「腕時計……じゃ、ないの？」

そう答えながらも、それがなんなのか、想像はついていた。

小さな液晶の中のデジタル数字。腕時計なら二桁と二桁のはずが、そこには三桁の数字が表示されているだけ。

「腕時計じゃない。これはＩＰ端末。知ってる？」

ああ、やっぱり。思った通りだった。

ＩＰ端末とは、数年前から急速に研究が進み始めた『虚質科学』が生み出した成果物の一つだ。ある世界をゼロとして登録し、変動する数値を見ることで自分が今ゼロ世界からどれだけ離れた並行世界にいるのかを知ることができる装置。今はまだ試作段階で一般には出回っていないが、研究に携わる者やその家族などのごく少数の人々は、モニターとしてその装置を身につけている。僕は持ってないけど父さんに見せてもらったことがある。瀧川さんの端末はそれとそっくりだった。

「うん。一応、知ってる」

「そう。じゃあ、この数字の意味も分かるでしょ」

三桁のデジタル数字を指さす瀧川さん。数値は085となっている。つまり。

「昨日の瀧川さんは、85番目の並行世界からパラレル・シフトして来た……」

「そう。今もだけどね。私はそれに気づかないで、自分がゼロ世界にいるつもりで、いつものようにあなたに声をかけたの」

「それって、君のゼロ世界では、僕は君に呼び捨てにされてるってこと？」

そういうことになる。いったいその世界の僕と瀧川さんに何があったのだろう。

「……私の知ってる暦は、自分のことを俺って言うわ。85もシフトするとさすがにかなり変化があるのね」

高校に入学した時、これからは一人称を『俺』にしようと決めた。最初、まだ友達を作ろうと頑張っていた時は意識して『俺』を使っていたのだけど、結局前のように孤立するようになってしまい、すっかり『僕』に戻っていた。

もしかしたら、85番目の僕は友達を作ることに成功したのだろうか。一人称は『俺』になって、友達からは名前で呼ばれるようになったのだろうか。

「あの、そっちのゼロ世界では、僕と瀧川さんは友達なの？」

僕の質問に、瀧川さんはわずかに眉根を寄せる。表情の変化が読み辛いが、おそらく少し不機嫌になったような気がする。

瀧川さんは僕から目をそらし、小さな声で。

「一応、恋人、なんだけど」

「…………………」

今、瀧川さんは、なんて言った？

僕と瀧川さんは友達なの？　という質問に対し、恋人、と言ったのか？

恋人？　恋人ってなんだっけ……？

「……え？　恋人、って……僕と、瀧川さんが？　あの、恋人ってつまり、その……彼氏と彼女って意味の……？」

混乱しながら僕が聞き返すと、瀧川さんは細い目をさらに細めて僕を睨みつけた。なかなかの迫力だけど、よく見ると耳が赤くなっているからあまり怖くない。

「なんか、調子狂う。私の知ってる暦と全然違う」

「そんなこと言われても……そっちの僕ってどんな感じなの？」

「もっと男らしい」

自分が男らしいとは思っていなかったけど、他人の口からはっきり言われるとさすがに少し傷つく。

「……さっきも言ってたけど、85も離れてる世界だと性格とかも違って当たり前なんじゃないの？　だって、僕と瀧川さんが、その……そういう関係とか、こっちの世界ではあり得ないと思うし」

「こっちの世界ではどんな関係なの？」

「話したこともなかった。昨日声かけられたのが初めて」

「それは驚かせたわね」

「めちゃくちゃ驚いたよ。ＩＰ端末持ってるのに、なんでちゃんと確認しないの」

「85もシフトするなんて思わないわよ。1とか2とかならわりといつもシフトしてるし、たいして変わりもしないから、あんまり確認しないようになって」

瀧川さんがそう言うのも、分からないでもなかった。

ここ数年の虚質科学の進歩は目覚ましく、テレビやネットでは連日のように虚質科学に関する新しい発見や学説が報道されている。そのため一般の社会人や学生でも、並行世界について基本的な概念は知っていた。

この世界には多数の並行世界がある。それらはすべて重ね合わせの状態にあり、常に揺らいでいる。そのため、あらゆる人間は一つや二つ隣の並行世界であれば日常的に行き来しているのだという。ただ、近くの並行世界は元の世界とほとんど変わらないため、自分が並行世界へ移動したことにも気づかないのだとか。

例えば、ゼロ世界で机の一番上の引き出しに消しゴムをしまったとする。

それを使おうと思って引き出しを開けると、なぜかそこにない。

あれ、おかしいな、確かにここにしまったはずなのに。そう思って二番目の引き出しを開けると、そこに消しゴムがある。

変だなと思いつつも、それを使う……。

これは、消しゴムをしまった後で近くの並行世界へ移動していたということ。その世界が、二番目の引き出しに消しゴムをしまった世界だったということだ。

こういった並行世界間移動のことを『パラレル・シフト』と呼ぶ。勘違いや物忘れの原因の大部分がこれによるものではないかと今では考えられている。

その程度のシフトなら日常生活に支障はないのだが、遠くの並行世界へシフトしてしまうと大きな記憶の齟齬《そご》が生じ、まるで異世界に跳んでしまったようにも感じるという。ただしそんな遠距離のパラレル・シフトが起こる可能性は極めて低く、ほとんどの人は並行世界の存在を実感しないままにその一生を終える。

幸か不幸か、僕はその『遠距離のパラレル・シフト』を過去に一度だけ体験したことがあった。おじいちゃんが死んだ時、おじいちゃんがまだ生きている世界に跳んだのだ。あの時は翌朝には何事もなく元の世界に戻れたけど、あれはいったいどのくらい離れた世界だったんだろう。

その経験があったからこそ、瀧川さんの言うことをすんなり信じることができた。

「とにかく、話は分かったよ。無事に帰れるといいね」

「うん」

沈黙。

瀧川さんが再びストローに口をつけたので、僕もジンジャーエールを勢いよく飲み干す。氷が溶けて少し炭酸が弱まったくらいが僕の好みだ。

そしてグラスが空になっても、瀧川さんは口を開こうとしない。

正直、僕としてはとても聞いてみたいことがあった。

それはずばり、85番目の世界の僕は、いったい何がどうなって瀧川さんと付き合うことになったのか、ということだ。

美人ではあっても冷たくて暗いイメージしかなかった瀧川さんだけど、さっき耳を赤らめながら恋人と口にしてたところなんかはかわいいと思ってしまった。僕も健全な男子高校生であるわけで、違う世界の僕が瀧川さんと付き合っているのなら、ひょっとして僕にも可能性が、なんてことを思ってしまう。

けれど、それを聞けるほど僕は図太くなかった。

「じゃあ、僕、帰るね」

鞄を持って席を立つ。昨日の奇行の原因は分かった。瀧川さんも謝罪してくれた。ならこの話はここで終わりなのだろう。きっと近いうちにこの瀧川さんは自分の世界へ戻って、僕たちの関係もいつも通りに戻る。これはちょっとしたアクシデントだったのだ。

ドアを開けようと、ノブに手をかける。

「待って」

ほんの小さな声で、後ろからそう聞こえた。

その声は、僕がノブを回す音と重なっていた。はっきり言って、その重苦しい音のほうがはるかに大きかった。

きっとそれは、瀧川さんの『聞こえなかったふりをしてもいい』という意思表示だったのだろう。けれど僕は手を止め、もう一度扉を閉めた。

正直に言おう。

僕はまだ、このアクシデントに終わってほしくなかった。

「なに？」

ゆっくり振り返る。瀧川さんは僕のほうを見ず、とっくに空になったグラスのストローをくわえてうつむいている。

「あなたは一応、高崎暦なのよね？」

一応も何も、僕にとっては僕こそが高崎暦なのだけど。

「うん。僕は高崎暦だ」

「じゃあ、暦が考えてることが分かるわよね？」

「……僕の考えてることなら分かるけど」

「あなたは高崎暦なんでしょ」

「うん、まぁ……一応」

自分で一応と言ってしまった。情けない限りだ。

「じゃあ、教えて。暦が何を考えてるのか、よく分からない。このままじゃ、そう遠くないうちに別れるかも……」

それはとても不思議な相談だった。

並行世界の自分の恋人が、並行世界の自分と上手くいっていない。どうすればいい？こんなもの、どうアドバイスすればいいというのだ。この世界の僕には恋人ができたことすらありはしないのに。

「最近すれ違いが多くなってきて、ケンカみたいな雰囲気になることもあって」

「あの、待って、ちょっと待って」

　恥ずかしながら、ネットで恋愛指南の記事を読んだことがある。別にそれが目的で探し出して読んだというわけでは決してなく、ふと目に入って間違ってクリックしてものすごくヒマだったから読んでやっただけなんだけども、女の子が喋っているところに割り込むのは絶対にしてはいけないと書いてあった。でもこの場合はそんなことを気にしなくてもいいだろう。なんせ相手はもう自分と付き合っているのだから。

「なに」

「いや、ちょっと確認したいことがあるんだけど。君は瀧川和音さんだよね？」

「そうよ」

「高校一年生？」

「ええ」

「僕の世界は今七月で、高校生活が始まってからまだ三ヶ月しか経ってないんだけど、君の世界は？」

「全く同じよ。パラレル・シフトは時間は移動しない。知らないの？」

「知ってるけど。もしかしてそっちの世界では、僕と瀧川さんは小学校とか中学校が一緒だったりする？」

「いいえ」

「じゃあ、高校に入学して初めて知り合った」

「はい」

確認したいことはすべて確認できた。しかし、そこから導き出される結論が全く理解できない。いや、理解はできるが納得できない。したくない。だって、それはつまり。

「知り合ってたった三ヶ月で、僕と恋人同士になって、最近上手くいってなくて、別れるかもしれないの？」

「正確には二ヶ月よ。付き合い始めたのは五月だから」

当然のように答える瀧川さん。高校生の恋愛として、それは正しいのか？　僕の感覚がずれてるだけか？

「あの、どうして僕と付き合うことになったのか、聞いていい？」

聞いてしまった。この流れなら自然な気がしたし、85番目の並行世界というのがなんだか異世界過ぎてもういいやという気もしてきた。

「こっちの世界ではどうか知らないけど。入学してすぐ、クラスのみんなで親睦を深めようってカラオケに行ったの」

「え？　うちのクラスで？」

「うん」

「あり得ない……」

「もちろん全員は来なかったけど、それでも半分くらいは来たわ。私も一応行ったし、暦も来てた。でも、時間が遅くなってきて、誰かがお酒を飲み始めたのよね。で、面倒なことに巻き込まれたくなかったから、一人でこっそり抜け出したの」

　注意するでもなく、仲間になるでもなく。もしかしたら一番賢い対応かもしれない。

「それで繁華街を一人で帰ってたら、変な人に絡まれたのよ」

「変な人？」

「汚らしい格好してて、暗いのにサングラスをかけてて。分からないけど、何か買わないかって言ってきたわ。しつこくついてきて、ずっと無視してたんだけど、いきなり腕を掴まれて路地に連れていかれそうになったの」

「それは怖いね」

　こんな田舎にもそんな危ないヤツがいるのかと、僕はついついワイドショーでも見ているかのような気分で瀧川さんの話に他人事の相づちを打つ。

「それを助けてくれたのが、暦」

「……え？」

　暦、というのが何を意味するのか、一瞬理解できなかった。

「私が大声を出そうとしたら、その前に路地に飛び込んできて。変な人を蹴飛ばして、私の手を握って走り出したの。人通りの多いアーケードまで走って、やっと少し落ち着いてから……私、その時初めてそれが暦だって気づいたの。どうしてあなたがって聞いたら、私がカラオケから抜けるのに気づいたから、もう暗いし危ないから送ろうと思って追ってきた、って。それで、大正解だったって笑ったの」

「誰、それ？」

「高崎暦」

「絶対ウソだ……」

いかに85の世界を隔てているとは言え、自分がそんなかっこよすぎる男になる可能性など万に一つもあり得ない。そんな可能性があったら今の自分が惨めすぎるではないか。だからウソだ、ウソだと言ってくれ。

「ウソじゃないわよ」

言ってくれない……。

「それが四月の終わり頃。で、五月の頭には告白してた。付き合ってくださいって」

「瀧川さんから？」

「うん」

「誰に？」

「暦に」

分かった。それはもう並行世界じゃない。異世界、いや異次元の話だ。

「暦は二つ返事で頷いてくれた。でも……」

ふと、瀧川さんの声が暗くなった。見ると、それまでは嬉しそうに恋人の武勇伝を語っていた顔が、一転して落ち込んでいる。

そうだ、思い出した。そんなドラマのような馴れ初めの二人が、今は上手くいっていないのだ。なぜだろう？　どうせ高崎暦という男の化けの皮が剝がれてきたのだろう。瀧川さんを助け出したのは何かのまぐれで、付き合い始めてから本当は情けない本性が次々と見えてきたに違いない。それでこそ高崎暦だ。とても悲しくなってきた。

「最近、上手くいってないんだっけ。なんで？」

聞きたいような聞きたくないような。けれど聞かなければ話が進まない。

「……暦、他の女の子とも遊ぶの。なんでって聞いたら、恋人ができたからって友達と遊ばないのはおかしいって」

聞きたくなかった。誰だそれは。

「せめて二人では遊ばないでって言ったんだけど、暦は浮気じゃないって言って。暦は、私と付き合ってるってことをちゃんと相手の女の子に言った上で、その子と遊ぶの。で、遊んだことを私にも言うの。意味が分からない……隠してるほうがまだ理解できる」

うん。意味が分からない。

「ねぇ。あなた、高崎暦でしょ」

「……はい」

「教えて。暦、いったい何考えてるの？」

僕も知りたい。

もはや頼れるのは、偶然ネットで見かけて間違ってクリックしてもの凄くヒマだから読んでやった恋愛指南・女性編～浮気は男の甲斐性～だけだ。

「あの……どれだけカレーが好きでも、毎日カレーばっかりじゃ飽きるって言うか……たまには違う物も食べたいって言うか……でも一番好きなのはカレーだから、結局最後は絶対カレーに戻ってくるから、どんと構えて待つのが女の甲斐性って言うか」

「凡庸」

ばっさりと切って落とすその冷たい目に、ああ、この人はやっぱり瀧川さんなんだな、と思ってしまう。向こうの世界の『暦』が僕だと信じられないのと同じくらいに、目の前で恋に悩んでいるこの女の子は、本当に瀧川和音なのかと思いかけていたところだ。

「でも……結局、そういうことなのかな」

「え？」

「カレー。毎日じゃ飽きるって」

「あー、その……男友達と同じ、なんじゃないかな」

「ん？」

異次元の僕が何を考えているのかなんて想像もできない。でも、僕も一応高崎暦なわけで。だったら、少しは瀧川さんを慰めなきゃいけないのかな、と思う。

「あの……話を聞いてると、そっちの世界の僕はたぶん、付き合ってなくても普通に女の子と遊ぶと思うんだよね。男友達と遊ぶのと同じ感覚で。瀧川さん以外の女の子は、みんなそのレベルなんじゃないのかな。瀧川さんは恋人だから、その、色んなことをしたいと思うけど、他の子には全然思わないから、逆に気軽に遊べる、とか」

で、必死に考えて思いついたのがこの程度だ。

「……高崎くんは、そうなの？」

僕には友達なんていません。なんて、さすがに言えなかった。

「うん、まぁ、僕はそんな感じかな」

「そう……」

嘘も方便、というやつだろう。果たして効果があったのかは知る由もないが。

瀧川さんは僕から視線を外し、じっと黙り込んでしまった。けど空になったグラスを見つめているその表情は、少しだけ明るくなっているような気がした。

僕も黙ったまま座っている。こういう時、スピーカーから恋の歌でも聞こえてくれば気が利《き》いているのだけど、流れているのは演歌だった。知らないおっさんがかすれた声で、酒があればそれでいいと歌っている。大人は羨ましい。

「……先に帰っていいよ」

瀧川さんの声。なんとなく、まだ一緒にいたいような気がする。けれどその思いを振り切って席を立つ。勘違いするな。この子は僕の恋人じゃない。

瀧川さんが好きな高崎暦は、僕じゃないんだ。

「じゃあ、先に帰るね」

「あ、お金も払わなくていいから。私が払う」

「いいの？」

「私の家、お金持ちだから。お小遣いいっぱいもらってるし」

「それはこっちの世界の瀧川さんのお金でしょ。あんまり使わないほうがいいよ」

「え？　あ、そっか。そういうことになるのか」

うっかりしていた、という風に目を丸くする瀧川さん。かわいい、とは思わないほうがいいんだろう。妙な勘違いが助長されてしまう。

「瀧川さんはどうするの？」

「私はちょっと歌って帰るから」

「へぇ、カラオケとかするんだ」

「何言ってるの、何回も一緒に……あ」

そこで瀧川さんは、なぜか申し訳なさそうに顔を伏せる。そんな顔をしなくてもいいのに。違う世界の人間なんだと実感できれば、僕は僕の世界へ帰っていける。

「……高崎くんも、何か歌う？」

「ううん、帰るよ。じゃあね」

再び、重いドアノブを回す。

「ありがとう、高崎くん」

ちょっとだけ足を止める。

「もしかしたら、もう会えないかもしれないから。ちゃんとお礼を言っておく。少しだけすっきりした。ありがとう」

僕は何も言わずに扉を開けて、部屋を出て、扉を閉めた。我ながら、人生で一番かっこいいシーンじゃないかと思った。

○

精一杯格好をつけたつもりだったそんな別れの翌日。

僕と瀧川さんは、再び同じカラオケボックスで向き合っていた。

授業中にちらりと瀧川さんを盗み見ても、この世界の瀧川さんなのか85番目の瀧川さんなのかは分からない。果たして元の世界に帰れたのかと気になりながらも声をかける度胸はなく、下校しようと下駄箱を開けたらまた瀧川さんからの手紙が入っていたのだ。

二回目だけどまだ緊張する。フリーのドリンクでのどを湿らせて、まずは軽い挨拶から始めてみる。

「えっと、こんにちは」

「こんにちは」

まるで手応えを感じない。そもそもこれはどっちの瀧川さんなんだ？　こっちの世界の瀧川さん？　それとも85番目の瀧川さん？　こうして同じ手口で呼び出されたということは、後者なんだろうけど。

「向こうの世界の瀧川さん、で合ってる？」

「ええ」

「まだ、帰れなかったんだね」

「パラレル・シフトは、世界の遠さとシフトのしにくさは比例してるって考えていいからね。85も離れてると、一日二日じゃ戻らないでしょ」

最初から分かっていたようなその口調に、僕はちょっと疑問を抱く。

「それは、知ってたの？」

「知ってたけど？」

「じゃあ昨日、もう会えないって言ってたのは？」

「会えない、かも、って言わなかった？」

「……言ってた」

「気を悪くしないでほしいわ。会えないかもっていうのは本当。こんなの初めてだからいつ戻るかなんて私には分からないし。ただ、まだ戻らないだろうなぁとは思ってたけど」

いちいち正論で返されて、なんだかもういいやと思ってしまった。正直に言えば、また会えたのは少し嬉しい。

「でも、なんでまた呼んだの？」

「だって私、こっちの世界で遊べる人って高崎くんだけなんだもの」

これは少しどきっとした。

「遊ぶの？　並行世界の話をするんじゃなくて？」

「並行世界の話か。高崎くん、虚質科学は詳しい？」

何を隠そう、僕の父さんは虚質科学研究所のわりと偉い人だ。そんな父さんからたまに話を聞かされていたので、一般高校生に比べれば詳しいと言っていいはずだ。

「まぁ、少しは分かるけど」

僕はいつもの癖で謙遜してしまった。けどこれでも普段なら「あんまり知らない」みたいな言い方になったはずで、それを「少しは分かる」と言ったのは、僕が瀧川さんの頭の良さならそっちのほうがいいかな、と空気を読んだからだ。

「少し……じゃあ、虚質科学クイズ」

いきなり何か始まった。

「第一問。IP端末のIPは何の略?」

「えーっと……イマジナリー・プリント」

「さんかく。エレメンツが抜けてる。第二問。虚質空間は何にたとえられる?」

「海?」

「まる。第三問。虚質科学の第一人者である女性教授の名前は?」

「え? それは知らない」

「ばつ。正解は佐藤絃子。第四問……」

その日はずっと虚質科学に関するクイズを出された。僕の知識量はどうやら彼女のお気に召したらしく、少しずつ出題の内容がマニアックになっていったりもして、僕としても少し面白かった。

そしてまた僕が先に帰ったんだけど、今度は昨日のようにかっこはつけなかった。どうせまた会うのだとしたらやるだけ恥ずかしい。

いつ元の世界に戻るか分からないという話だったのだけど、結論から言うと、それから約一週間が過ぎても瀧川さんは85番目のままだった。

最初のうちはいずれ元に戻るだろうと楽観的だった。瀧川さんは僕を毎日カラオケボックスに呼び出して、並行世界や虚質科学について話し合ったりした。

　ＩＰ端末のモニターをしているくらいだからもしかしたらとは思っていたのだけど、瀧川さんのお父さんも虚質科学の研究に携《たずさ》わっているらしい。聞いてみたら、父さんと同じ研究所の所員だということが分かった。お互いに親から聞きかじった知識を披露しながら、並行世界についてああでもないこうでもないと話すのはとても楽しかった。まさか同級生とこんな話ができる日が来るなんて。

　話しているうちに、瀧川さんが本当に頭のいい人だということも分かってきた。テストの点数だけじゃない。僕は喋る時、どうも自分が理解していることを無意識に省略する癖があるようで、よく「お前の話は説明が足りない」と言われていた。その僕と同じテンポで会話が成立する相手は同級生では初めてだった。

　そんな僕と瀧川さんの距離がさらに縮まったのは、やっぱり名前の呼び方が大きなきっかけになっているだろう。

　これは並行世界について話していたある時、僕が瀧川さんの呼び方を変えることになったまさにその原因の会話である。

「……なるほど。つまりそっちの世界の瀧川さんは、」

「ストップ」

「え？」

「いちいち『そっちの世界の瀧川さん』とか言うの、鬱陶しい」

歯に衣を着せない瀧川さん。

僕だって別に好きでこんな呼び方をしてるわけじゃない。だけど並行世界について話す以上、どの世界の人物かを区別するのは非常に重要だ。どっちも『瀧川さん』では混乱してしまう。

「じゃあどうする？　番号で呼ぶ？」

「もっと嫌。単純に、名字と名前で呼び分ければいいじゃない」

「え？」

「この世界は、高崎くんと瀧川さん。私の世界は、暦と和音。実際の呼び方と同じで分かりやすいと思うけど」

「僕が和音って呼んでもいいの？」

「いいわよ別に」

ということで、僕は85番目の僕のことを『暦』、85番目の瀧川さんのことを『和音』と呼ぶことにした。反対に和音は僕のことを『高崎くん』と呼び、こっちの世界の瀧川さんのことをそのまま『瀧川さん』と呼ぶそうだ。同級生の女の子を呼び捨てにするのは、なんだろう、なぜかとても気恥ずかしかった。

真面目な話をするばかりではなく、たまには普通にカラオケをすることもあった。瀧川さん――いや、和音は意外にもとても歌が上手くて、あまり上手くない僕の歌を容赦なく批評し、アドバイスしてくれた。そんな和音に気軽に文句を言い返せるくらい、いつの間にか僕は和音と打ち解けていた。

ある日、調子に乗った僕は、思い切ってこんなことを聞いてしまった。

「じゃあ和音はさ、暦じゃなくて、僕と付き合えるの？」

前後の流れはあまり記憶にない。たぶん、もしこのまま元の世界に帰れなかったらどうするかとか、そんな話をしていたような気がする。あくまで冗談めかして、決して本気で取られないようさりげなく言うことにばかり苦心していた。その苦心が功を奏したのかどうなのか……おそらく、無駄だったのだろう。和音は一瞬、真面目な顔をして。

「……正直、私は高崎くんのこと、男としては好きじゃないけど」

「でしょ？　だから、」

分かっていましたよ、と。その答えを前提に聞いたんですよ、という体《てい》で、僕はすかさず続けようとした。傷ついたような顔をすれば負けだ。

けど、やっぱり和音のほうが一枚上手だった。

「でも、『暦』のことは大好きだから……85個も遠くの世界なら、私が『高崎くん』のことを好きになる可能性も、あるのかもしれないわね。その気があるなら頑張って」

そんなことを言われて、僕は絶句してしまった。

それはつまり、和音じゃなくて瀧川さんとだったら、可能性があるということか？

ただ、そこで僕はふと気づく。

そう言えば僕は、和音とはこんなに話をしているのに、瀧川さんとは結局まだ一言も話したことがないのか。

和音じゃなくて、瀧川さんは、いったいどんな女の子なんだろう。

○

土日を挟んで月曜日。

さすがにもう元の世界に戻ったかと思っていたが、和音はまだ和音だった。

「何日目だっけ？」

「ちょうど、一週間になるわ」

いつものカラオケボックスで向かい合い、現状の報告。最初はすぐに戻れるだろうと楽観していた僕たちも、さすがにだんだん不安になってくる。

「こっちの世界のお父さんに、それとなく聞いてみたの。遠距離シフトのこと」

「なんて？」

「ごく稀《まれ》にしか起きないと考えられてるし、まだはっきりした臨床例もないから、細かいことは分かってないそうよ」

「そっか」

「これはまだ公表されてない仮説らしいんだけど、年を取ると遠い世界にシフトしやすくなる可能性があるんだって。それが認知症とかの原因なんじゃないかとも考えられてるらしいわ。でも、そうだとしても……」

「さすがに、高校生の和音には関係ないよね」

「そう願いたいけどね」

　結局のところ、どうすればいいかは全く分からないということだ。

「一つ思ったんだけど、お父さんに全部話して、研究所で診てもらうってのは？」

　和音は、自分が遠距離のパラレル・シフトをしていることをとりあえず僕以外の誰にも言っていないようだった。ＩＰ端末のモニターなんだから真っ先に報告する義務があるとは思うのだけど。

「最終手段として、考えてはいる。でも、きっとモルモットにされるわ。できればこのまま、高崎くん以外の誰にも知られずに、自然に帰りたい」

　そんな風に言われてしまうと、僕としても強くは言いにくい。実験動物にされたくないという気持ちも分かるし、高崎くん以外の誰にもという言葉が、少しこう、嬉しかったというのもある。

「今日帰ったら、僕も父さんに聞いてみるよ。研究所の結構偉い人っぽいから、何か新しい情報が得られるかもしれない」

「お願い。なんでもいいから手がかりがほしいわ」

その日はカラオケをする気分にもなれず暗い雰囲気で別れた。そして帰ってさっそく父さんに電話してみる。勤務時間も休日も不定期な父さんが電話に出てくれるかどうかは完全に賭けなのだが、どうやら今日はついているらしい。

『もしもし?』

「父さん? 僕。暦」

『ああ。どうした?』

父さん相手に世間話は必要ない。単刀直入に用件を告げる。

「質問なんだけど、任意の並行世界に意図的にシフトすることってできるの?」

並行世界を扱った数々の作品には必ずその手段があると言ってもいい。大規模な設備を必要とするものから暗いところで目を閉じて念じるだけのお手軽なものまで様々だが、並行世界が実在する以上そういった手段も実在していていいはずだ。一つでもそんな手段があるならば、和音を帰してあげられるかもしれない。

そして僕は、その手段に一つ心当たりがあったのだ。

約五年前。おじいちゃんが死んでいない世界にいきなりシフトした時、僕は虚質科学研究所内の一室にあった謎の箱の中に移動していた。

今思えばあれは、並行世界へ移動するための装置だったのではないか？

その時のことは父さんに秘密にしているから問い詰めることはできないけど、僕の想像が当たってるなら何か教えてくれるはずだ。

だが、父さんの答えはいまいちはっきりしないものだった。

『……理論的には可能、と考えられてる。実際うちの研究所でも研究中ではある。だが今はとてもその技術を確立するには至ってないな。思ったように使えるようになるにはあと一〇年はかかるだろう』

一〇年。いくらなんでもそんなに待ってはいられない。けれどその答えから、やっぱりあの箱はそういった装置なんだろうとは思えた。

さっそく翌日、せめて理論的には可能らしいということだけでも教えようと考えながら学校へと向かう。すると登校途中にたまたま和音の後ろ姿を見かけた。あたりを確認すると幸いにもクラスメイトの姿はなかったので、駆けよって後ろから小さく声をかける。

「和音、おはよう」

僕の挨拶に和音は勢いよく振り向いて、そして怯《おび》えたように後ずさった。

その反応だけで十分だった。

和音は――いや、瀧川さんは、慌てて自分の手首に巻いたＩＰ端末を見た。僕からは見えないが、おそらくその数字は、000か、001などの小さい数字。少なくとも、085でないことだけは確かだろう。

和音は、元の世界へ戻ったのだ。

瀧川さんは何も返事をせず、学校のほうへと走り去っていった。

並行世界へ移動した時は、元いた世界の自分と移動先の世界の自分が入れ替わる。つまり瀧川さんはこの一週間ほど、85番目の世界で『暦』と共に過ごしていたというわけだ。

瀧川さんは、暦とどんな話をしたのだろう?

そして今、僕のことをどう思っているのだろう?

それを聞かずにすべてを終わったことにできるほど、僕は大人ではなかった。

○

三日後、いつものカラオケボックスで、瀧川さんを待っている。

すぐに話をしたいと思っていたのだけど、どうしても和音ではなく瀧川さんを誘い出す勇気が出ず、下駄箱に手紙を入れるだけの行為に三日もかかってしまった。紙に文章を書いて下駄箱に入れるという行為は思いのほか心臓に負担を強いる。ＳＮＳで瀧川さんと繋がっていればこんな思いをすることもなかったのに。和音に聞いておけばよかった――いや、こっちと向こうではＩＤが違うか。

　果たして来てくれるだろうか。ジンジャーエールをちびちびとすすりながら瀧川さんを待つ。目の前には空のグラス。店員さんには後からもう一人来ると伝えてあるので、もし来てくれなかったらかなり恥ずかしい。たぶんもう顔も覚えられてるだろうから、きっとふられたんだと思われるだろう。

　……しかしよく考えたら、女が男を個室に呼び出せばそれはほいほい出てくるだろうけど、逆は無理があるんじゃないだろうか。

　なんてことを考えていると、防音扉のノブが、重い音を立てて回った。

「…………」

「こんにちは、瀧川さん」

「何の用ですか」

　瀧川さんの冷たい目。そして敬語。これが僕の世界の瀧川和音なのか。僕の想像した通りじゃないか。どうしても和音を重ねてしまって、違和感は拭《ぬぐ》いきれないけれど。

「まぁ座ってよ。あ、フリードリンクだから何か取ってくる？」

「いえ、結構です。このままで」

　瀧川さんは入り口に立ったまま、扉は閉めても防音用のノブまでは閉めず、あからさまに僕を警戒していた。してみると、向こうの『暦』とはあまり楽しくやれなかったのだろうか？　まさか暦と接触してないなんてことはないと思うけど。

もったいぶっても仕方がない。僕は単刀直入に切り出す。

「少し前、一週間ほど、85番目の並行世界に行ってたよね？」

「……はい」

「その世界で、僕に会った？」

「はい」

「そっか」

意外とすんなりと認めてくれた。さぁ、これからどうすればいいだろう？　僕、どんな感じだった？　さすがにこの聞き方はアホなのではないだろうか。ああ、それにしても、友達のいなかった僕が随分すんなりと瀧川さんに話しかけられたものだ。これも和音のおかげなのかもしれない。

「あの」

「え？」

半分現実逃避しながら考え込んでいると、意外にも今度は瀧川さんから話しかけてきた。

「あなたは、会ったんですか？　向こうの世界の、私に」

視線をそらしながら、ためらいがちに瀧川さんは問う。やはり瀧川さんも興味はあったのだ。それはそうだろう。もしかしたら、暦から和音の性格を聞いて、僕と同じようなことを思ったのかもしれない。

「うん。毎日ここで、いろんな話をしてたよ」

「いろんな話？」

「並行世界のこととか、虚質科学のこととか。普通にカラオケを楽しんだこともあるし、あとは……暦と和音が、最近上手くいってないこととか」

「和音？」

「あ……ご、ごめん。いちいち『向こうの世界の瀧川さん』とか呼ばれるのは鬱陶しいから、和音でいいって言われたんだ。不愉快なら、やめるけど」

「……いえ。構いません」

小さくため息をついて、そこでやっと瀧川さんは、僕の前に腰を下ろしてくれた。相変わらずドアノブは開けたままだったけど。

「……あの……どんな感じ、でしたか？」

「え？」

「その……和音、は」

やっぱり瀧川さんは、僕と目を合わせてくれない。でも、きっと考えていることは僕と同じなのだろう。

瀧川さんが暦とどんな会話をしたのかも気になるけど、まずは僕から話そう。

「和音は、簡単に言うと、なんだろう……」

僕の脳裏に、和音の姿、和音の声、和音の言葉が鮮やかに甦る。たった一週間、しかも二人で一緒に過ごした時間は一日一時間程度しかなかったというのに、それはとても大切な思い出のように。

ああ、もしかしたら僕は、和音のことが——

「とっても頭がよくて、意外と明るくて、たまに意地悪で……あと、恋をしてた」

「……恋」

瀧川さんはより一層深くうつむいてしまう。その前髪の下で、眼鏡の奥で、いったいどんな目をして、何を思っているのだろう。

僕にとってはもう、この世界の瀧川さんより85番目の世界の和音のほうが、ずっと身近な存在になってしまっている。

でも、僕の世界にいるのは和音じゃなくて、瀧川さんなのだから。

「……あのさ」

僕は、思い切って言うことにした。

「向こうの世界の僕たちがああいう関係だったからってわけじゃ、決してないんだけど」

心臓が口から飛び出しそうだ。呼び出しの手紙を書いていた時や、それを下駄箱に入れた時の比じゃない。今日はこれを言うために瀧川さんを呼び出したのに。

瀧川さんは何も言わず、うつむいたまま、僕の言葉の続きを待っている。なのに、どうしても最後の勇気が出ない。やはり僕は暦にはなれないのか。

そんな時、ふと、和音の言葉を思い出した。

『その気があるなら、頑張って』

そうだ。頑張れ。頑張れ僕。

そして僕は、絞り出すように、言った。

「その……ぼ、僕と……友達に、なってくれないかな？」

言った。

言ってしまった。

全身から汗が噴き出した。顔が急激に熱くなってくる。好きだとか嫌いだとかはまだ早い。付き合うなんてもってのほか。まずはお友達から……ただそれだけのことを言うのに、こんなに心臓が早くなるなんて。

瀧川さんは、どう思っただろう？　ちらりと視線を向けてみても、まだ顔を伏せたままで表情も何もさっぱり分からない。

「とも、だち」

うつむいたまま、ぽつりとそれだけ返ってくる。

やっぱり無理だったのだろうか？　僕みたいなやつには友達ですら無理なのか？

も遠くの世界ならって和音も言っていたのに。もう駄目だ。こんな緊張耐えられない。なんだか泣き出しそうな気持ちになりながら、黙っている瀧川さんを見ていると。

「……く……」

その頭が、肩が、少しずつ震え始めて。

「くく……くくくっ……あはっ、あはははは！　もうだめ、あはははははははっ！」

大きく口を開けて、笑い始めた。

「た、高崎くん……そこで、友達⁉　友達なんだ！」

「な、なに……？」

何が起こったのか理解できない。和音ですらこんな馬鹿笑いを見たことはないのに、瀧川さんは、実はこんな性格なのか？

「た、瀧川さん？」

「あは、あはは……これ、見てこれ」

まだ小さく笑いながら、瀧川さんは手首に巻いたＩＰ端末を見せてくる。液晶に表示されたデジタル数字は……085。

「……えっ？　かっ、和音⁉」

その意味を理解して驚く僕の顔を見て、再び大きく笑い出す瀧川さん……いや、違う。和音、これは和音だ！　三日前の朝、いかにも元の世界に戻ったようなふりをして、僕を騙してたんだ！

「だ、騙したな⁉　元の世界に戻れたんならよかったって、そう思ってたのに！」

何も言わずに君がいなくなったんだと思った時、僕がどれだけ寂しかったと思ってるんだ。情けなさ過ぎるから言わないけど。

「あ、あのさ……なんで、三日もかかったの？　まさか、友達になってって言うの、三日も悩んでたの？」

その通りだから何も言えない。

「あはっ、あははっ……もうだめ、苦しい……お腹痛《なか》い……」

お腹を抱えながら和音は僕のグラスに手を伸ばし、少し残っていたジンジャーエールを一気に飲み干した。いつもなら間接キスがどうだとか考えて盛り上がれたのかもしれないが、今の僕にはそんなことを気にするような心の余裕がない。グラスを奪い返し、中に残った氷をがりがりと噛み砕いた。ほんの少しだけ頬が冷えた。

なんだかもう頭の中がぐちゃぐちゃで、とりあえずそれを悟られないように（無駄だろうけど）、僕は精一杯平静を装って口を開く。

「でも、じゃあまだ元の世界に戻れてないのか。さすがに心配だな」

「あー……あのね高崎くん。見て。これ見て」

和音は再びＩＰ端末を見せる。そんなに僕を騙せたのが嬉しいのか。

「もう分かったよ。騙されました。ドッキリ大成功。これでいい?」

「そうじゃなくて」

まだしつこく笑いを残しながら、和音は端末の液晶画面に手を伸ばす。

そして。

デジタル数字で085と表示されているその画面を、指先でぺらりと剝がした。

「デジタル数字のシール。すごくリアルに見えるでしょ」

「……え?」

シールが剝がれた本当の画面に表示されている数字は、000。

頭が真っ白になる。わけが分からない。冷静に考えれば答えはシンプルなのに、頭がそれを理解しようとしない。

「最初にここで話した時、さ。高崎くんに、なんで端末の数字をちゃんと確認しなかったのかって聞かれて、私がなんて答えたか覚えてる?」

「……1とか2とかならいつものことだし、大して変わらないから、あんまり確認しないようになったって」

確かそんなことを言っていた。

「あのね、この端末はモニターとして貸与されてるものよ? 毎日の確認と報告は義務なの。私がそれを忘れるわけないでしょう」

「……つまり？」

「つまりね」

そこで和音は、今までで一番の得意そうな顔をして種明かしをする。

「最初から、私は並行世界になんて行ってなかった。ずっとこの世界の瀧川和音だった。85番目の『和音』なんて、存在しないのよ」

そう、なのだろう。答えはたったそれだけの、シンプルなものだった。

僕を暦と呼んだこと。端末を見て驚いたこと。向こうの世界で暦と恋人同士だったということ。最近暦と上手くいっていないということ。

全部、全部ウソだった。和音の演技だったのだ。

だが、なぜ。分からないのはそれだ。

「なんで、そんなこと？」

かろうじてそれだけ聞くことができた。混乱していて怒る気にもなれない。和音がずっと僕の世界の瀧川さんだったというのなら、やはり僕と会話したことなど一度もないはずだ。それがなぜ、僕にこんなことを。

僕の問いに、和音は口元から笑みを消して、犯行動機を一言で答えた。

「仕返し」

「仕返し？」

「そう。私は高崎くんに騙された。その仕返し」

「……何のことだか、さっぱり分からないんだけど」

誓って言うが、心当たりなど全くない。僕はろくでもない人間だが、人を騙したことなんてただの一度もない――僕は本気でそう思っていたから、次に和音が言ったその言葉の意味も、すぐには理解できなかった。

「新入生総代」

「え？」

「辞退したでしょ」

「え……なんで知って、」

「入学式前、学校からの電話で私に新入生総代の話が来て、私は嬉しかった。県下で最難関の高校に首席入学できたんだって。親にも自慢した。すごく褒めてくれた。私は誇りを持って新入生総代を務めた」

――ああ。

やっと、分かってきた。

「そうじゃないって知ったのは、入学式の後。職員室で先生が、首席が辞退して困ってたから助かったって話してるのを偶然聞いたの。それで、首席が誰なのか私には知る権利があるって強引に名前を聞き出したら、あなただったわ」

そうか。そういうことだったのか。

「どれだけ悔しかったか、情けなかったか分かる？　そのとき私は誓ったのよ。定期考査では絶対にあなたを抜いてみせるって。なのにあなたは、どうしてか知らないけどわざと悪い点数を取った」

「よく、気づいたね」

「97点、89点、83点、79点、73点……全部素数じゃない。分かりやすすぎるわ」

「次は違うルールにするよ」

「とにかく、私は正々堂々とあなたに勝つ機会すらもらえなかった。だから考えたのよ。思いっきりあなたを騙して、笑ってやろうって」

「……変わってるね」

「よく言われるわ」

話を聞いてみれば、なるほど、と納得するしかなかった。

自力で摑んだと思っていた新入生総代。それが実は首席の辞退による繰り上げで、ならばとその首席にテストで挑もうとすれば、肝心の首席はすべての点数を素数にするなんて遊びをしている。

うん。これは僕も悪かった。

けど、その仕返しのためだけにこんな奇想天外なドッキリを考案し、約一〇日間も、女優顔負けの演技力で僕を騙し抜いた、瀧川和音という女の子。

ああ、うん。

やっぱり僕は、きっと。

「和音」

「なに？」

「ぼ……俺と、付き合ってくれ」

和音は、小さく笑って。

「いや」

「…………」

「私が好きな暦は、もっと男らしくて、私が悪い人に路地裏に連れ込まれそうになったら駆けつけてくれて、そいつを蹴り飛ばして助けてくれるような人」

「…………」

「だから、高崎くんじゃ、いや」

○

まぁ、そんなわけで。

僕の生まれて初めての告白は、見事に玉砕したのだった。
これが僕、高崎暦と、瀧川和音の――いや。
我が最愛の妻、高崎和音との馴れ初めである。

幕間

和音との出会いをきっかけに、僕の人生は少しずつ変わっていった。

まず、勉強に本気で取り組むようになった。定期考査はもちろん、毎週実施される小テストも例外ではない。それまでは和音が常にトップだったのだけど、僕は和音をその座から引きずり下ろした。二人とも満点で引き分けることはあっても、僕が負けることは高校卒業まで結局ただの一度もなかった。

敵に勝つことに手段を選ばないタイプであったらしい和音は、あろうことか僕に教えを請《こ》うてきた。授業が終わるとすぐに疑問点などを僕に確認しに来たし、テストが返ってきた日の昼休みはずっと膝を突き合わせて感想戦をやらされるはめになった。読書の時間は奪われたが、僕は自分の理解していることを人に説明するというのが致命的に苦手だったため、その練習になったのはよかったと思う。

それに、なんだかんだで和音と話せるのが嬉しいというのもあった。ふられても結局、僕は和音のことを好きであり続けたから。

さて、面白いことになったのはここからだ。僕と和音の休み時間の勉強会は、クラスメイトから見れば『成績ツートップが協力して学力向上に努めている』ように見えていたわけである。いつも三位以下に甘んじている学力至上主義のクラスメイトが、そのプライドを曲げて「自分たちも仲間に入れてくれ」と言い出すのはそう遠いことではなかった。

そうして勉強会の輪は徐々に広がっていき、僕たちAクラスの平均点はうなぎ登りに上がっていった。そうなると、まだプライドが勝って勉強会に参加していなかった生徒もこれはいかんと参加するようになり、さらに輪は広がってまた平均点が上がる。

学力至上主義とは言え僕たちも所詮は高校生。みんなで力を合わせて結果を出せたのがやはり嬉しかったらしく、いつしかAクラスの雰囲気は和やかなものとなっていた。和音が話した嘘の世界のように、テストが終われば都合のつく面々でカラオケに行ったりもするようになり、友達と呼べる相手も増えてきた。

そうなると、そこはやはり高校生だ。いつまでも話題の種が勉強ばかりであるはずもなく、娯楽や恋愛の話をし始める者もいる。そして当然、僕はこう聞かれるのだ。

お前はいったい、瀧川さんとどういう関係なんだ、と。

和音は基本的に、学校では寡黙でクールな「瀧川さん」スタイルを保っている。同級生相手にも敬語で話し、必要以上の接触は持たない。けれどそんな和音が、僕にだけは少し砕けた態度で接している。僕もクラスで唯一、彼女を名前で呼び捨てにしている。勘ぐられても仕方のないことだと思う。

しかし困った。だからと言ってあの騒動を話すわけにもいかない……いや、正直に言うと話したくない。あれは僕と和音だけの思い出にしておきたい。

だから仕方なく、告白してふられた、という事実だけを打ち明けた。

皆にとって、これは相当に衝撃的だったらしい。

それから卒業までの二年間、コース選択で違うクラスになった生徒もいたが、僕は元クラスメイトの全面的な協力のもと、様々なシチュエーションで合計五回和音に告白している。結果はどれも玉砕。卒業式の告白はさすがに少し期待したのだけど、いつもの笑みで「いや」と素気ないものだった。

そうして僕と和音は、大学生となる。

○

九州大学理学部虚質科学科。

世界で初めて虚質科学の学科を設けたのが、この大学だ。

虚質科学の最先端は九州であると言われている。そもそも物質に対する『虚質』という概念を提唱し、虚質科学という学問を作り上げたのが、九大理学部物理学科の佐藤絃子という女子大生だった。その女学生はドイツの大学院へ留学し、日本へ戻って最短で博士課程を修了すると、地元で虚質科学研究所を設立して学説の実証に打ち込んだ。僕や和音の父親は佐藤教授の学友で、今は同じ研究所の研究員だ。

研究が報われたのはそれから約一〇年後、ちょうど僕が一〇歳くらいの時だ。佐藤教授は再びドイツに渡り、学会で虚質科学により並行世界の実在を実証したと発表した。その発表は空前の論争を巻き起こし、世界各地の学者や研究機関がそれを確認するため、あるいは否定するために一丸となった。結果、並行世界の存在はわずか三年で世界中の研究機関が認めるところとなり、虚質科学は学問の一分野となった。

翌年、九州大学は正式に理学部虚質科学科を設立。佐藤教授をはじめ、虚質科学研究所の所員を講師に招いて、常に最先端の講義を実施している。

僕と和音も虚質科学を学ぶため、その学科へ進学した。二つの推薦枠を当然のように手に入れて、なんとか面接を乗り越えて合格し、故郷の大分を出て福岡でそれぞれ一人暮らしを始めた。その際、どうせなら一緒に住まないかと六回目の告白を試みたのだが、一人暮らしをしてみたいからという理由で断られてしまった。果たして同じ一人の女性に六回もふられ続けるような男はいるのだろうか。

しかしこの頃になると僕はもう半分開き直っていて、和音に恋人ができるまではしつこく告白し続けてやろう、なんてことを思っていたのだった。

ところが、大学一年の夏の始まり。

休日にふらっと僕の家に遊びに来ていた和音は、世間話の合間にとんでもない爆弾を放り込んできた。

「あ、そうだ。高崎くんにちょっとお願いがあったんだけどさ」

「ん、なに？」

お金でも貸してほしいのかな、と思った僕は財布の中身をぼんやりと思い出す。

「私と付き合ってくれない？」

……よし。一旦落ち着こう。

うん、大丈夫。騙されない。付き合うというのはそういう意味の付き合うではなく、よくあるちょっとした用事に付き合ってというあれだな。

「いいよ。買い物の荷物持ちかなんか？」

この時の僕の発言は、本気九割、期待一割だった。

「や、そうじゃなくて。私の恋人になってくれない？」

うん、大丈夫。騙されない。恋人というのはそういう意味の恋人ではなく、同音異義語のあれだな。つまり、えーと。

……何を言ってるんだ、この子は？

僕は相当混乱した。いったい和音に何があったというのか。またドッキリか。嬉しいよりも疑問が先に立ち、ＯＫするよりも眉間にしわを寄せてしまう。

「なんで？」

女性からの告白に対する返答としてはおよそ最悪に近い返事をしてしまった僕を、誰が責められるというのだろう。

しかし、それに対する和音の返答が、また酷かった。

「大学に入ったら、ナンパがやたらと増えたのよ。鬱陶しいから恋人でも作ろうかなと思って。まぁ、高崎くんでいいかなって」

だいたいこんな感じだったと思う。

その時の僕の気持ちを、誰か分かってくれるだろうか。ついに想いが報われたという喜びと、それにしてもあんまりな言い草ではないかという怒りと。二つの感情が入り混じったこの時の自分の顔を、見る手段があるのならぜひ一度見てみたいものだ。

とにかく僕はすぐには返事をせず、ここで一度断ってやったら面白いんじゃないだろうか、なんてことすら考えていた。

でも、まぁ。

高圧的な告白の後で顔をそらしてうつむいている和音の、髪の隙間から覗く耳が真っ赤になっているのを見て、かわいいと思ってしまったから。

僕はもう、すべてを許してしまった。

こうして、僕はやっと「高崎くん」から「暦」になったのだ。

○

和音とくっついたり離れたりしながら、僕はおおむね充実した大学生活を送った。四年間ずっと優秀な成績を保ち続けた僕と和音は大学院へ進むことを奨励されたが、修士号にも博士号にも興味がなかったし、また二年も五年も勉強や人脈作りに費やすよりは早く現場で研究したいという思いが強く、首席と次席で大学を卒業すると同時に大分へ帰り、その実力と熱意が認められて虚質科学研究所へ就職した。

この時、世界ではすでにIP端末が実用化寸前のところまで来ており、一般モニターが広く公募されている時代だった。僕も大学生になってからはIP端末を身につけていて、自分が日常的に並行世界を移動しながら生きているのだと実感しつつあった。

確かにそこにしまったはずのものがなくなっている時など、端末を見ればだいたい1〜3の範囲で並行世界を移動していた。この並行世界間移動、すなわちパラレル・シフトは、もはや一般の人々にとっても当たり前の世界の仕組みになりつつあった。

フィクションの存在でしかなかったこの概念を、当然ながら未だに受け入れられていない人も少なからずいる。けれど世界はそういった人を置いてけぼりにして容赦なく変わっていく。その変革を受け入れた、あるいは受け入れようと努力している人々は、ゆっくりと、しかし確実に、新たな世界に移行しつつあった。

さて。

ここで世界は、当然ながら一つの大きな疑問にぶつかることとなる。

すなわち――並行世界の自分は、自分なのか？

第三章　青年期

婚約指輪の相場が給料三ヶ月分というのは、一九七〇年代にどこぞの宝石屋が高い商品を売るために言い始めたことらしい。

当時、社会人の平均的な月収が約一〇万円。その三ヶ月分だから、三〇万円が相場なのだとか。ところが今では収入の平均は随分上がっているため、今の月収を基準とした三ヶ月分となるとかなりの高額になってしまう。しかしそれに対して宝石の価格はそれほど上がっておらず、要するに婚約指輪というのは、月収にかかわらずだいたい三〇万円の品を買えばいい、ということらしい。

よほどの高給取りなら思い切って高い指輪を買ったりするのもいいかもしれないが、残念ながら研究職の給料というのはそれほど高くもなく、僕も三年間働いて多少は昇給したもののあまり贅沢ができるような身分でもない。

だから、ここは相場通り、三〇万円。

念のために五〇万円の現金を財布に用意して（カードは嫌いだ）、僕は人生で初めてのジュエリーショップに来ている。

ショーケースの中にはキラキラとまばゆい宝石たち。綺麗だな、とは思うけど、何十万円も出してほしいかと言われると全然ほしくない。ただ、婚約指輪となればそうも言っていられないのだろう。

「何かお探しですか？」

にこにこと近づいてきたのは、僕とちょうど同年代くらいの女性店員だった。買うものを店員に委ねるのは好きではないのだけど、婚約指輪を選ぶ基準なんて分からない。ここはひとまず、この店員さんを頼って大丈夫か、その人となりを観察してみることにする。

「その、婚約指輪を」

「まぁ！　おめでとうございます！　お相手はおいくつですか？」

「ええと、二五歳」

「お付き合いはどの程度？」

「もう……七年になるのかな」

「そうですかぁ。ずっとお付き合いしてらっしゃるんですね。素敵……彼女さん、うらやましいです。私も早くもらいたいなぁ」

そう言ってはにかんだ顔が意外にも無邪気でかわいらしかったので、この店員さんを信じて任せることにした。単純だろうか？　もしかしたらこれも接客マニュアルのうちなのかもしれないが、悪い気はしなかったのでよしとする。

「あの、どういうのを選んだらいいか全然分からなくて」

「そうですね、まず婚約指輪には、既製品、セミオーダー、フルオーダーがございます。既製品は一番お安いですし、お渡しも早くなります。セミオーダーは、いくつかのデザインや素材からお客様にご自由にお選びいただいて組み合わせるタイプです。こちらはお渡しまで一ヶ月ほどかかってしまいます。最後にフルオーダーですが、こちらはお客様のご希望通りに、世界でただ一つの指輪を作らせていただきます。ただ、お渡しまで二〜三ヶ月かかってしまい、お値段も最もお高くなっております」

オーダーメイドがそんなに時間のかかるものだとは知らなかった。どうしよう、別に急いでプロポーズするつもりでもないのだけど、何ヶ月も待たされるのは心臓によくないような気がする。というか、実はオーダーメイドという選択肢など全く頭になかった。

「やっぱり、婚約指輪っていうのは既製品じゃだめなんですかね？」

「いえ、そんなことないですよ。うちで婚約指輪をお求めのお客様は、そうですね、半分くらいは既製品をお選びになると思います」

「あ、そうなんですか。じゃあ、既製品にしておこうかな。すぐほしいし」

「はい。失礼ですけどご予算は？」

「一応、三〇で。ちょっと超えても大丈夫です」

「分かりました。彼女さんの誕生日は分かりますか？」

「誕生日？　確か……三月二五日」

「三月。アクアマリンですね」

「と言うと？」

「婚約指輪ってだいたいのお客様がダイヤモンドを選ばれるんですけど、誕生石を選ばれるお客様もいらっしゃるんです。三月生まれの誕生石はアクアマリン……こちらですね」

店員さんが示した宝石は、浅葱《あさぎ》色、と言うのだろうか、沖縄の海のように鮮やかな、薄い水色の宝石だった。和音のイメージにぴったりのような気がする。

「石にはそれぞれ象徴する意味がありまして、例えばダイヤモンドなら『純粋』『清純』『歓喜』……それから『永遠の絆』『愛の約束』なんて意味もあります。これが婚約指輪にダイヤモンドが選ばれる理由ですね」

「なるほど……アクアマリンは？」

「アクアマリンは『勇敢』『聡明』『沈着』……他に『幸せな結婚』や『夫婦愛』なんかもあります。こっちもぴったりですね」

うん。いいじゃないか。勇敢、聡明、沈着。まさに和音だ。僕はこのアクアマリンという石がすっかり気に入ってしまった。

「じゃあ、アクアマリンをもらおうかな」

「アクアマリンですね。ありがとうございます。カタログを持って参りますので、こちらにお掛けになって少々お待ちください。店頭にない物もお取り寄せできますので」

どことなく軽い足取りで去っていく店員さんの背中を見送る。僕は椅子に浅く座り、大きく息をついた。渡すどころか買う前にもう疲れてしまった。

それにしても、宝石の説明をしている時の店員さんの目はキラキラしていた。やっぱり女の子は、自分のものじゃなくても宝石を選ぶだけで楽しいんだろうか。

和音はどうだろう？　思えばこれまで、和音がアクセサリーを付けているところをあまり見たことがない。ピアスとかも開けてないし。髪留めくらいはあったと思うけど。

この指輪は喜んでくれるだろうか。受け取ってくれるだろうか。

和音に渡すその時を想像すると、緊張しすぎて胸が苦しくなってくる。

……プロポーズの言葉、どうしようか。

○

指輪を受け取った数日後、覚悟を決めて和音を呼び出した。

場所は例のカラオケボックス。普通に考えたらプロポーズをするには不適切な場所かもしれない。けど、僕が和音にプロポーズするならこの場所しかないと思っていた。この場所で、僕は和音に恋をしたんだから。

僕はジンジャーエール、和音は紅茶。奇しくも初めての時と同じ物を飲みながら、最初の一曲はなにを歌おうかとカラオケの端末を操作する和音。その目の前に問答無用で指輪の箱を置き、蓋を開け、前置きもなしに言った。

「結婚しよう」

それだけ言うのが精一杯だった。

本当はもっと色々考えていたのだ。学生時代に流行った歌なんかを歌って、さりげなく思い出話に持ち込み、あれから色々あったけど結局ずっと一緒にいたね、これからもずっと一緒にいてほしい、なんて流れを頭の中で繰り返していたのに。

いざ和音を目の前にして、ポケットの中の指輪を握りしめると、もう無理だった。頭が真っ白になって、すべてが飛んでしまった。気づけば僕は指輪を取り出し、単刀直入過ぎるプロポーズの言葉を口にしていた。

和音は目を丸くして、ぽかんと口を開けている。和音らしくもない間の抜けた表情だ。

これまで和音の誕生日などに何度かサプライズを仕掛けたことがあるが、そのすべてを見抜かれてしまい笑われてばかりだった。今回はさすがに度肝を抜かれたらしい。ずっと見たかった和音の驚く顔をやっと見ることができたけれど、僕はそれどころではない。

和音が僕を見る。その目を真剣に見返す。ここは笑うところじゃない。目をそらしてもいけない。精一杯の想いを込めて、僕は和音を見つめる。

うつむいた和音は、小さな箱を手に取った。その中にある薄水色の宝石があしらわれた指輪に目を落とし、小さく口を開く。

「これ、アクアマリン？」

「うん」

昔から宝石やアクセサリーには関心のなさそうだった和音だけど、見ただけで石の種類が分かったということは、やはりそれなりに興味はあったのだろう。どこか惚けた様子で指輪を見つめる目が少し潤んでいるように見えるのは、宝石への興味だけが理由だとは思いたくないいけど。

和音は指輪を見つめたまま何も言わない。僕も答えを急《せ》かしたりはしない。ここまできてまさか断られはしないだろうという自信もある。そのくらいの時を僕たちは共に過ごしてきた。けど、ずっと黙ったままでいられるとさすがに少し不安になってくる。

「これ」

不意に和音が、指輪の箱を僕のほうへ向けた。

「はめてくれる？」

「……うん」

僕は和音から箱を受け取り、指輪を取り出した。

そして和音の左手を取り、その薬指に指輪を近づけていく。

細い指先が小さく震えている。こっそりと和音の顔を盗み見ると、表情にはあまり変化が見られないものの、耳が真っ赤になっている。和音はいつもそうだった。並行世界の僕と恋人だと嘘をついた時も、僕に付き合ってくれと言ってきた時も、初めてキスをした時も、こんな風に平気な顔をしながら耳を真っ赤に染めていた。

海の色の指輪は、和音の指にすっぽりとはまった。

「……ぴったり。指のサイズなんて教えたっけ?」

「寝てる間にこっそり測らせてもらった」

隣で寝息を立てる和音を起こさないよう指に糸を巻き付けるのは、なかなかスリリングな体験だった。しかしそのおかげでこうして無事に指輪を用意できた。

自分の指にはまったアクアマリンの指輪を、愛おしそうに指先でなでる和音。

聞くまでもないのかもしれない。けど、やっぱり僕は答えを聞きたかった。

「和音」

「うん」

僕が名前を呼ぶと、和音は嬉しそうに微笑んで。

「よろしく、お願いします」

そう言って、深々と頭を下げたのだった。

○

僕と和音の仲はとっくに互いの両親が公認するところだったので、結婚しますと告げても「ああ、やっと？」みたいな反応だった。ただ、僕の家も和音の家も無駄に小金持ちだったもので、危うく派手な披露宴をさせられるところだった。僕も和音も派手なのは苦手だから、互いの親を何とか説得し、自分たち主導で身内だけのこぢんまりとした結婚式を挙げることにした。式の日取りは大安吉日。そのあたりの縁起を無闇に無視することもないだろうという判断だ。

そして式場も押さえ、挙式まであと半年。色々と細かい段取りを詰め始めた頃、僕たちはその問題に直面した――否、正確に言うなら『再び直面した』が正しい。

それは並行世界の存在が一般的に認知され始めてから、すべての人が様々な場面でぶつかるようになった問題だった。

一番最初にそれを強く意識したのは、僕が大学二年生の時。

早生まれだった和音が二〇歳になって、お祝いということで初めての飲み会をすることにした。場所は当時一人暮らしをしていた僕の家、参加者は僕と和音の二人だけだ。

「誕生日、おめでとう」

「ありがとう」

小さなホールケーキに立てられたろうそくの火を吹き消す和音。真っ暗になる部屋。僕は明かりをつけて、ちょっとお高いシャンパンの栓を開けた。ぽん、と勢いよく飛んでいくコルクも溢れ出す泡も、和音を祝福しているのだということにする。

僕たちは二人でケーキやお互いの手料理を食べて、名目上初めてのお酒を飲んだ。どちらも一人暮らしだし携帯電話の電源も切ったから、今夜は誰にも邪魔されない。

付き合ってはいるけどまだ体は結ばれていない恋人が、自分の家に泊まりに来てお酒を飲む。当然と言っていいのかどうかは分からないけど、僕はその日、二人の関係を一歩先に進めるつもりだった。

きっと和音も最初からそのつもりでいてくれたのだと思う。和音は少しだけお酒を飲んで、酔ったふりをして、耳を真っ赤にしながら、そっと体を押す僕の手に抵抗せずベッドに倒れ込んでくれた。

そういった経験がお互いに初めてだった僕たちは、まずはぎこちなく手を繋いだ。僕は焦る気持ちを必死で抑え、服を脱がせる前に和音の頬や首筋に口づけしていった。

そして、左の手のひらに口づけている時、それは僕の目に飛び込んできた。

和音が左手首に巻いているＩＰ端末。

その数値が、いつの間にか『001』になっていたのだ。

パラレル・シフト。

つまり、今僕の目の前にいる和音は、一つ隣の並行世界の和音だということ。

それが分かった瞬間、僕の頭は真っ白になった。軽い酩酊も性的な興奮も全て吹き飛んだ。そして初めて、その問題を認識したのだ。

この世界には無数の並行世界があり、人は日常的に、無意識に並行世界間を移動している。遠い世界になるほど移動はしにくくなるが、1～3程度の近い世界であれば元の世界との差違はほとんどないので、自分が並行世界へ移動したことに気づかないまま、いつの間にか移動していつの間にか元に戻っていることもよくある。要するに今回も、どこかのタイミングで和音は一つ隣の並行世界へパラレル・シフトしたのだ。

近い世界であればあるほど、並行世界間の差違は小さくなる。一つ隣の世界の僕と和音も、今日こうやって同じように、同じ気持ちで抱き合っていたのだろう。

けど、だからと言って。

僕はこのまま、この和音を抱いてもいいのか？

今僕の目の前にいる和音は、僕の恋人の和音なのか――？

「どうしたの？」

急に固まった僕の頬を、和音の手のひらがなでる。

僕は無言で、和音のＩＰ端末を示す。

「あっ……」

そして和音もそれに気づいた。自分が、本来は隣の世界の人間であることに。

「……ちなみに、そっちは？」

和音に聞かれて自分のＩＰ端末を見せる。数値は『000』。僕はシフトしていない。

「なるほど……確かにこれは……悩むわね」

僕と同じようにしばらく固まった後、すっかりいつもの様子に戻った和音は、ため息をつきながらベッドの上に身を起こした。僕もそのまま続ける気になんてなれない。隣に腰掛けて同じようにため息を一つ。

「状況は、ほとんど同じと考えていいのかな？」

「でしょうね。二〇歳のお祝いにお酒を飲んで、こういうことになった。いつシフトしたのか全然分からないわ。見た限り、暦の部屋も全く同じだし」

「なにもこんなタイミングで……」

「なんとなくごめんなさいって謝っておくけど、私のせいでもないわよね」

「分かってるよ。まぁ、また次の機会があるさ……飲む？」

「そうね」

ベッドからテーブルへ移動して、僕と和音は残ったお酒に口をつけ始める。初めての時は失敗することもあるらしいと聞いて覚悟はしていたが、まさかこんな形で失敗するとは思ってもみなかった。

その先もいまひとつ酔いきれず、手探りのような僕と和音の会話は、やはり並行世界の話題になっていった。

「ほんの一〇年くらい前はさ、並行世界なんてフィクションでしかなかったのよね」

「研究はもっと前からされてたけどね。世間に認知され始めたのはそのくらいかな」

「じゃあ、それより昔の人たちは、こういうことがあっても気づかないで隣の世界の恋人を抱いたりすることもあったのかしら」

「あったんだろうね、きっと。ＩＰ端末がなかったら僕たちも……というか、もし最初にお互い服を脱いで端末を外してたら、気づかなかったんじゃないかな」

「そう考えると、少し怖いかも」

「うん。でも実際、たった一つ隣の世界なら同一人物のようなものだけどね」

「並行世界の自分って、同一人物だと思う？」

「基本的にはそうだと思うけど……ああでも、もしかしたら100とか200とか向こうの世界では自分が殺人鬼だったりするかもしれないのか。そういうのはさすがに同一人物だとは思いたくないな」

「でも、それも同じ並行世界なのよね。その線引きってどこなのかしら」

「理屈で考えれば、そんな線なんかないよね」

「どれだけ違っても、並行世界の自分は全部自分ってこと？」

「理屈で考えればね」

「……じゃあ、どうして私を抱かないの？」

どうして。その答えは簡単だった。

「理屈で考えられないからだよ。僕の世界の和音は今、君の世界の僕とこうやって話してる。きっとほとんど同じ気持ちで、ほとんど同じことを話してるんだと思う。でも、並行世界の僕がこの世界の和音を抱いたらって思うと、嫉妬に狂いそうになる」

たとえ並行世界の自分だとは言え、僕の世界の和音がそいつに抱かれるなんて想像もしたくない。僕が目の前の和音を抱いていたら、きっと隣の世界でも同じことが起こる。だから僕の手はどうしても止まってしまうのだ。

「……ああ、うん。分かるわ」

和音も同じ想像をしたのだろう。複雑な表情で酒を一口。酒に弱い和音は最初の一杯でシャンパンをやめて、今はアルコール度数が三％程度の缶のカクテルを飲んでいる。

「並行世界ものの映画を、たくさん観たじゃない」

突然話題が変わった。いや、変わっていないのか？　とりあえず頷く。

僕が生まれる少し前の時代は並行世界ものの作品が流行っていたらしく、たくさんのマンガや小説、ドラマや映画があった。現実の虚質科学を確立させた佐藤教授は、それらの作品から多大なインスピレーションを受けたと公言しており、自分が発見、提唱したものの名前にそれらの作品に使われている固有名詞を引用していたりする。なので僕たちも、勉強の一環として有名な作品には一通り目を通している。

「ああいう作品のほとんどって、主人公が何度も世界をやり直して自分の望む未来に変えていくって感じじゃない？　思ったんだけど、それって主人公が自分の望まない並行世界を勝手に否定してるってことなのよね。その世界はその世界で、自分じゃない自分が生きて作り上げてきた世界なのに」

「並行世界の解釈もたくさんあったからね。でも実際に並行世界がこういうものだって分かったら、もうそういう作品は作られなくなるんじゃないかな」

「実際は過去には戻れないしね。何か失敗してやり直そうと思ったら、失敗してない遠い並行世界に行くしかないか」

「それ、自分の失敗をその世界で成功してた自分に押しつけるってことだよ」

「私たちの研究が進んだら、いつかやれそうよね」

「だから法整備が必要になってくるんだよ。今も先輩たちが啓蒙に苦労してる」

「法整備かぁ。例えば私がこの世界で犯罪を犯したら、元の世界に帰った時に誰が裁かれることになるのか、ってことね」

「すぐ隣の世界なら、ほぼ確実にどっちの世界でも同じ犯罪を犯してるけどね。これが10とか20になってくると分からない。100とか200になったら全く身に覚えのない殺人の罪とかを着せられるかもしれない」

「100もシフトするなんて、自然現象じゃあり得ないと思うけど……あっ！」

脱線が脱線を呼び、すっかりいつもの感じで雑談をしていた和音が、僕を見たままテーブルの上に手を伸ばす。その手が口の開いたお酒の缶に当たり、缶が床に落ちて中身がこぼれてしまった。

「ああ、ごめん！」

「いいよ、大丈夫」

笑いながらティッシュでお酒を拭き取る僕を横目に、和音は何やら納得がいかない様子で首をかしげている。

「ええ？　こんなとこに置いたかな……あ」

ふと、自分のＩＰ端末に目を落として言葉を止める和音。

「どうしたの？」

僕の問いに、無言で端末を見せてくる。

その数値は、いつの間にか『000』になっていた。

「ああ……お帰り」

「ただいま。やっぱり全然気づかないものね」

視覚でも、会話の内容でも、いったいいつ和音が帰ってきたのか全く分からなかった。きっと隣の世界では和音がほんの少し違う場所に缶を置いていたのだろう。いつ戻ってきたのかは分からないけど、和音がそれに気づかなかったということはやはりほとんど同じ会話をしていたということだ。近距離のパラレル・シフトは日常生活においてちょくちょくこんな小さな失敗を誘発する。

濡れてしまった床の掃除を終えて、再び向き合う僕と和音。

「帰ってきたけど、続き、する？」

「なんか、そんな雰囲気でもなくなったね」

そう言って苦笑し合い、僕たちの初体験は失敗に終わった。

それから一月《ひとつき》も経たないうちに今度はきちんと結ばれるのだけど、その時は服は脱いでも端末は付けたまま、数値が変わっていないかを確認しながらの落ち着かない初体験となってしまった。

これが、虚質科学が世界にもたらした大きな疑問の一つである。

すなわち、並行世界の自分は、自分と同一人物なのか？

この問題に、世界は今も答えを出せないままでいる。

○

僕たちが再びこの問題に直面したのが、結婚式を二ヶ月後に控えたある日のことだ。

僕の腕の中で、半分寝ているような目の和音がぽつりと言う。

「ねぇ、暦。私たち、本当に結婚できるのかしら」

「どうして？」

「だって、もし結婚式の日にどっちかがパラレル・シフトしたら？ そのまま並行世界の相手と結婚していいの？ それとも式を中止するの？」

ある種のマリッジ・ブルーというやつなのだろう。僕だってそれを考えていなかったわけではないけど、考えても仕方がないとは思っていた。なるようになるだろうと根拠のない楽観をしており、今考えると僕は僕で少しおかしくなっていたのかもしれない。あるいはあえて考えないようにしていたのか。

けれど、和音の葛藤する姿を見てだんだん不安になってきた。もし本当にそうなったら、いったいどうすればいいのだろう？

その悩みに答えの出せない僕が思い出したのは、父の研究のことだった。

僕と和音が研究者として勤める虚質科学研究所では、部門ごとに少人数のチームに分かれ、それぞれ別の研究を進めている。

そして僕の父さんが今研究しているのが、ＩＰの固定化だった。

虚質科学の基本概念は、物質空間に対して虚質空間という概念上の空間を想定することから始まる。その空間は虚質素子と呼ばれる量子で満ち、この量子の変化が物質世界の素粒子を形作り、その変化の差違が並行世界を作るとされている。

各世界で変化した素子が描く模様のことを『虚質紋（Imaginary Elements Print）』、通称『ＩＰ』と呼ぶ。それを測定して二つの世界のＩＰの差違を数値化するための装置がＩＰ端末というわけだが、実際に測定しているのは物質として顕現した素粒子の状態であり、正確には虚質素子をそのまま測定しているわけではない。虚質空間の観測は未だ実現していないため、物質空間で擬似的に観測しているに過ぎないのだ。

ＩＰの固定化とは、虚質空間で重ね合わせ状態にある虚質素子を常に観測し、量子の状態を確定させて揺らぎをなくすという研究だ。これが実現すれば、観測中はパラレル・シフトが起きなくなるのではないかと考えられている。技術的な問題は、人間には観測できない虚質空間の素子をどうやって観測するかという点。父さんの研究の中でも特に重要なのがそれである。

もしその研究が実現すれば、挙式の日だけでも僕と和音のＩＰを固定してパラレル・シフトを起こすことなく結婚式を終えられるはずだ。元々この研究はそういった時と、あとはこれから問題になってくるであろう『犯罪者が並行世界へ逃げる』という事態を防ぐためのものだ。

基本的に、研究の内容は同じ研究所内の仲間であってもある程度成果が見えるまでは秘するのが通例だ。けれど父さんは僕と二人で話している時にうっかりこの内容を漏らしてしまった。他言はしないと約束をしたので和音にもまだ言っていないが、他でもない父さん本人に相談するくらいは許されるだろう。

というわけで、僕は休日に父さんと二人で誰もいない研究所を訪れ、和音とのことを相談してみた。

父さんは、IPの固定化はまだ実現に至っておらず、実現したとしても未知の要因が多すぎて様々な危険が予想されるため、人間相手に使えるのは当分先のことになるだろう、と前置きした上で、並行世界に関する考えを語ってくれた。

「暦、俺はな。もしかしたらこの研究は、やめたほうがいいんじゃないかと考えてる」

「え？　なんで？」

研究一筋のような父さんが、まさかそんなことを言い出すなんて。それだけIPの固定化というのが特殊なことなのだと思わせる。

「そもそも、並行世界というのはなんだと思う？」

「なにって……過去に分岐した別の世界？」

「そうだ。過去に分岐した別の世界。つまり、実現した可能性の世界ということだ」

「実現した、可能性の世界……」

「たとえばお前が今朝、おにぎりを食べるかパンを食べるかで悩んだとする。おにぎりを選んだのがこの世界だとしたら、パンを選んだのが並行世界だ。並行世界というのは、この世界で選ばれなかったすべての可能性の世界だ」

　おにぎりを食べる自分とパンを食べる自分を想像する。その世界は二つとも存在していて、自分はそのうちの一つの世界にいる。

「じゃあ、ＩＰの固定化というのがなんなのか考えてみよう。それはつまり、おにぎりを食べるかパンを食べるか悩んでいるお前からパンを取り上げて、強制的におにぎりを選ばせるということになるんじゃないかと俺は思ってる」

　なるほど。それはなんだかつまらないし、なんとなく損をしたような気もする。選べるというのはそれだけで素晴らしいことなのだ。

「どっちか悩んでおにぎりを食べるのと、おにぎりしかないからおにぎりを食べるのと。結果は同じように見えるが、前者の場合はおにぎりを食べた自分もパンを食べた自分も両方生まれるのに対し、後者の場合はおにぎりを食べた自分しか生まれない……そういうことになるんじゃないか？」

　おにぎりとパンで分かりやすくたとえられた話を、もう一度最初の言葉に置き直す。分かりやすいのはいいけど、どうにも緊張感がない。だけど僕は真剣に答える。

「並行世界は可能性の世界。でもＩＰの固定化は可能性を消すから、生まれるはずだった並行世界が生まれなくなるんじゃないか、ってこと？」

「そうだ。どうしてもおにぎりを食べたい自分の勝手で、パンを食べたかった自分を殺してしまう……ＩＰの固定化ってのはそういうことなんじゃないかって、俺はそんな気がしてならないんだよ」

「言ってることは、分かるけど」

けれど、これはおにぎりだのパンだのといったレベルの話ではなく、結婚という一生に一度の大事なイベントの話なのだ。もし父さんの言うことが正しかったとして、今回ＩＰを固定化して消える可能性は、僕と和音が結婚しないという可能性だ。そんな可能性だったらいくらでも消えてくれと思う。

僕がそう言うと、父さんはしばらく考え込んで、口を開いた。

「俺がお前の母さんと結婚した時、まだこの世界にＩＰ端末なんて物は存在しなかった」

ＩＰ端末どころか、もしかしたら虚質科学という学問自体がまだ存在しなかったんじゃないだろうか。並行世界が完全にフィクションだった時代だ。

「だから、もしかしたら俺と結婚式を挙げた母さんは、並行世界の母さんだったのかもしれない。そうだとしても、俺はなに一つ後悔なんかしない。なぜなら、俺は間違いなく母さんを愛してたからだ」

愛。そんな言葉を臆面もなく使う父さんを、だけど僕は不思議とおかしいとも恥ずかしいとも思わなかった。

「離婚はしたけど俺は今でも母さんを愛してる。それが並行世界の母さんであろうとなかろうとだ。それはつまり、俺が母さんのことを可能性ごと全部愛してるってことだ」

「……可能性ごと、全部愛する」

「そうだ。それができるならＩＰの固定化なんか必要ない。堂々と結婚すればいい」

「……言ってることは、分かるけど」

僕はもう一度そう言って沈黙した。

和音のことを、可能性ごとすべて愛する。並行世界の和音もまとめて。それができれば結婚式の日に相手のＩＰがずれていても問題ない。なぜなら、並行世界の和音も間違いなく僕の愛する和音だからだ。要するに父さんは、並行世界の自分も自分と同一人物だ、と言っているのだろう。

その考え方は分かる。おそらく僕は、今なら並行世界の和音も愛せると思う。これまでに何度かパラレル・シフトを経験してるけど、どの世界でも和音は和音だった。

けれど、問題はその逆だ。

つまり、ゼロ世界の和音が、並行世界の僕に愛されることを受け入れられるか。

ひどく勝手な悩みだ。簡単に言い換えればこれは、自分が浮気をするのはいいけど和音が浮気をするのはちょっと待てということなのだから。浮気相手が並行世界の自分たちという状況ではあるのだけど。

黙り込んでしまった僕を、父さんもしばらく静かに見守ってくれていた。だけどあまりに長い沈黙に耐えられなくなったのか、父さんはある一つの提案をしてきた。

「だったら、試してみるか」

「試す？」

「ああ。実は今、所長主導の研究チームが進めてる、対象のＩＰを書き換えて任意の並行世界へシフトさせる研究が、実験レベルで成果をあげてる」

ついにか、と僕は父さんの言葉に胸を躍らせた。

高校生の頃。遠くの並行世界から来た（と嘘をついていた）和音を元の世界に戻すために、そういうことができないかと父さんに聞いた時、父さんは「理論的には可能だが、実現するには一〇年かかる」というようなことを言っていた。

あれから一〇年。それが本当に実現しようとしているのだ。

「この技術――『オプショナル・シフト』が完成すれば、遠くの並行世界から来た人間をゼロ世界に送り返すことが可能になると考えられている。そしてそれはもちろん、逆も然りだ。実際に物質や動物を使った実験は何度も成功していて、あとは臨床試験さえできれば、という段階まで来てるって話だ」

臨床試験。父さんが何を言おうとしているのか、僕はなんとなく分かってきた。

「臨床試験にはいくつものハードルがある。まずは厚生労働省の臨床試験審査委員会から認可を受けなければならない。そのためには倫理面や安全面での問題をクリアして報告することが大前提だが、実際にはそれらをクリアするために臨床試験が必要であるという本末転倒な状況も珍しくない。なんとかそれっぽくでっち上げて試験を開始したとしても、その後は委員会の定期的な審査が入ることになり、思うようには試験ができない」

科学研究に限らずどの分野でも、この臨床試験というのが色々な意味で一つの壁になっているという話はよく聞く。そしてその壁をどうやって乗り越えるのか、その手段に関しても色々と。

「大きな声じゃ言えないが……こういった研究所でよくやってるのが、所内の人間を使ってこっそり事前に臨床試験をしてしまうという手段だ」

未認可の所内臨床試験。ありていに言えば——極秘の人体実験である。

「もちろん安全には最大限の配慮がなされる。実際の審査を想定したインフォームド・コンセントにより被験者には試験の概要や危険性がすべて伝えられ、強制は決してしない。その事前試験により安全面を確認できれば、正式な認可への近道となる」

要するに父さんは僕に、対象のＩＰを書き換えて任意の並行世界へシフトさせる『オプショナル・シフト』の所内臨床試験に参加してみないか、と言っているのだ。

「最初は一つ隣の世界からだ。これなら日常的にシフトする世界でもあるし、そもそもたった一つ隣の世界であればほぼ確実に同じことをしてるから、入れ替わりでこの世界に来る被験者も同じ実験をしている可能性が極めて高い。そうなれば説明の手間も省けるし送還もスムーズになるだろう」

並行世界の自分と、納得済みで世界を交換する。これが実現するとしたら、とんでもない副次的な効果が期待できる。

「もちろんこれは業務の一環だ。シフトした先でも研究者としてその実験に携わる義務がある。実験が上手くいったら徐々に遠くの世界にシフトしていって、それぞれの世界における知識や技術を交換することで、虚質科学に収まらず、人類はさらなる飛躍的な発展を遂げることができるのではないかと期待されている」

その恩恵は、想像するだけで気が遠くなりそうなほどだ。

「それで、だ。そうした業務の中にも当然ながら余暇はある。別に俺たちだって一日中研究所にこもって研究してるわけじゃないだろ」

「そういう日も結構あるけどね」

「……たまにはな。とにかく、オプショナル・シフトで並行世界に跳び、その世界の余暇で、その世界の瀧川くんを愛せるか。加えて入れ替わりに自分の世界に跳んだもう一人の暦を瀧川くんが愛せるか。自分じゃない自分が自分の恋人を愛し、愛されることを受け入れられるか……そういったことを試してみたらどうだ？」

――というのが、父さんの提案だった。

和音にその提案を伝えた結果、二人で試験に参加しよう、ということになった。お互いの可能性ごとすべてを愛せるか。愛されることを受け入れられるか。それを確かめようと。

そして僕たちは数日後、まだ足を踏み入れたことのない研究室へと通された。

室内には人が一人横たわれるサイズのカプセルが一つ置かれている。これがオプショナル・シフトを引き起こすための磁場発生装置ということだ。

「やっぱり……」

思わずそう呟いていた。

そのカプセルは間違いなく子供の頃、祖父が生きている世界にシフトした時に僕が入っていた箱だった。もちろんあの時と全く同じ物ではないだろうが、こうして再び目にすると不思議な感慨がある。

虚質科学の立役者でありこの研究所の設立者でもある佐藤絃子所長は、このカプセルを『アインズヴァッハの揺り籠』と呼んでいるらしいが、他の所員たちは単に『ＩＰカプセル』と呼んでいた。所長が古い創作物から引用した名称を付けて所員が別の名で呼ぶというのはわりとよくあることだ。

実験の概要は、所長の口から直々に説明された。

「まず、被験者はこのアインズヴァッハの揺り籠に入ってもらうわ。そうしたら外部からの操作でカプセル内に磁場を発生させる。この磁場により被験者を構成する素粒子のスピンのベクトルを強制的に変えることでIPを書き換え、そのIPの世界へのパラレル・シフトを引き起こす。簡単に言うとそういう仕組みね。この磁場が人体へ与える悪影響とか、そうして移動した世界からちゃんとゼロ世界に帰ってこられるかとかの問題をクリアすることが、正式な認可への道よ」

「カプセル……揺り籠はこれ一つしかないんですね」

「こんな物、そうそういくつも作れないわ。いくらかかると思ってんの」

きっと僕が想像しているよりもさらにいくつか桁が上に違いない。

「じゃあ、先にどっちから行く？」

「僕からお願いします」

迷わず名乗りを上げた僕の手を、和音が心配そうに握る。

僕は和音の手を握り返し、安心させるように笑う。

「大丈夫。先に行って道を作るから、和音は待ってて」

「……うん」

素直にこっくりと頷く和音。はて、和音はこんなにかわいかったかな？　なんて冗談だけど。僕たちの関係は周知の事実なので、隠さずに済むのは楽でいい。

そんなわけで、僕と和音は交代でシフトすることになった。この試験への参加を機に僕たちは正式に研究チームの一員となり、カプセルに入っていないほうは外で装置の操作や計器の制御を学ぶこととなった。お給料もちょっと上がった。これは嬉しい誤算だった。

さらに数日後、ついに一回目のシフト実験が行われることになった。

実験は念のため深夜に行われる。例えば昼間にシフトして、シフトした先の自分がもし車の運転中だったりしたら事故を起こす危険性があるためだ。

カプセルに横たわった僕は、若干の不安を押し隠してガラスの向こうの和音に笑ってみせる。和音は小さく頷いて、磁場を操作するためのコンソールに着いた。

『5、4、3、2、1……シフト・オン』

カウントダウンを聞き、目を閉じる。

磁場の発生は数秒で終わり、シフト自体は一瞬だ。カプセル内がほんの少し温かくなった以外は特に違和感もないまま、カプセルが外側から開けられる。

僕を見下ろしているのは、先ほどと全く変わらない風景と人々。

「ＩＰを確認してもらえるかな？」

体調の確認よりも何よりも真っ先に所長に言われ、若干の緊張を持ってＩＰ端末の数値を見る。これが001になっていれば成功だ。果たして、その数値は——

「……1、です」

「成功ね。ようこそ、隣の世界の高崎暦くん」

こうして、記念すべき第一回目のシフト実験は、何の問題もなく成功した。

それから約一ヶ月の間、僕と和音は並行世界を行き来した。

シフトした先はいつも同じIPカプセルの中で、やはり近い世界では同じ考えで同じことをしているのが分かった。それでもIPが4を超えるあたりからだんだんと違いが目に見えるようになり、具体的には自分の部屋の家具の配置が違っていたり、違う車に乗っていたりもした。7番目の世界ではなんと僕は坊主頭になっており、新鮮な体験だった。

個人的に何よりも有意義だったのは、やはり並行世界の和音とお互いに実験をしている前提で会えるということだった。

最初のシフト実験で和音と二人きりになった時、まずはIP端末を見せ合った。僕は001、和音は000。一つ隣の世界は僕のゼロ世界とほぼ差違はなく、和音も僕たちが何をしているかを正確に把握していた。

僕たちはまず、いつものカラオケボックスで向き合っていた。

「初めまして……では、ないんだよね」

「そうね。多分知らないうちに何回か会ってるんだろうし、少なくともお互いに自覚して会話したことも一回あるわね」

もちろん覚えている。和音が二〇歳の誕生日、失敗に終わった初体験の夜だ。あの時僕は、確かに1の和音と会話した。

「なんか、変な感じだね。正直に言って、0の和音と何の違いも感じない」

「この世界では私が0だけどね。暦も全然違和感ないわ」

当たり前といえば当たり前だ。0と1の世界の差は、朝ご飯が米だったかパンだったか程度の差しかないのだから。

だから当然、和音の左手薬指には見覚えのある指輪がはまっている。

「アクアマリンだ」

「ああ……うん。その……なんて言うか、ありがとう」

「どうしたの、改まって？」

「あなたも、そっちの世界の私に、指輪をくれたんでしょ？　だからまぁ一応、同じ私として、ありがとうって」

本当に、不思議な気持ちになる。これだけ何もかも同じなのに、今僕の目の前にいるのは、僕が指輪をあげた和音じゃないんだ。

「結婚、するんだよね？」

「するわ。したいと思ってる。このシフト実験もそのためでしょ？」

「うん。次は和音の番だね。なんてことないよ、気楽にね」

「実験そのものは別にいいんだけど。私たちにとって大事なのって、どっちかって言うとこっちの時間よね。愛することと、愛されることを許せるか」

僕は頷く。僕と和音が並行世界の相手でも愛せるか。相手が並行世界の自分に愛されることを受け入れられるか。

「正直に言うけど……多分、愛するのは問題ないと思う。今、君を抱けるかって聞かれたら、答えは多分イエスだ」

「かも、しれないわね。でも問題は」

「うん。問題は逆。僕のゼロ世界では、今頃1の僕が、全く同じことを0の和音に言ってると思う。僕がそれを受け入れられるかどうか」

「どう？　現時点では」

難しい問題だ。とても難しい問題なのだけど。

「とりあえず、僕は今日、君を抱くつもりはないいんだ」

「うん」

「ということは1の僕も同じように、0の和音を抱くつもりはないはず。そう考えると安心はするね。逆に、もし僕が並行世界の和音を抱く時が来たら、それは0の和音が並行世界の僕に抱かれる時だ。それを分かってて抱くんだから、それはきっとすべてを受け入れられた時になるんだろうなって思う」

「……抱けないと、結婚はできない？」

「……それはまた、別問題かな」

「面倒くさいね。並行世界なんか見つからなければよかったのかも」

「確かにね。昔の人はみんな、それで幸せな結婚をしてたんだから」

和音の言葉は、きっと誰もが一度は思ってしまうことだ。並行世界なんか見つからなければよかったのに。

けど、見つかってしまった以上、僕らはその世界で生きていくしかないのだろう。

そんなこんなで約一ヶ月の実験は大きな問題も起こさずおおむね上手くいき、僕と和音の関係はどの世界でもだいたい円満であることが分かった。結局並行世界の和音を抱くことはしていないのだけど、それでも少しずつ考え方が変わっていくのを確かに感じた。

そんな僕と和音に大きな変化が訪れたのは、一旦これで最後の実験にしようということになった、一〇回目のシフト実験の時だった。

○

僕が目覚めたのはＩＰカプセルの中ではなく、自分の部屋だった。

部屋は暗い。携帯電話で時間を確かめると午前二時過ぎ。ちょうどシフトした時間だ。

続いてＩＰ端末を確認して、驚いた。

ＩＰの数値が『035』になっている。

計画では、今回のＩＰは10になるはずだった。それがいきなり35。予定より25も遠くの並行世界にシフトしてしまったのだ。ゼロ世界で何らかのミスがあったのだろうか。

9番目の世界までは同じようにＩＰカプセルで目覚めていたから、そこにいたシフト先の世界の父さんたちとすぐに情報を共有することができた。しかしこの世界の僕はオプショナル・シフトの実験に参加していないのか？　だとするとこの時間に研究所に行っても誰もいないかもしれないし、とりあえず僕は朝を待って出勤することにした。

眠ったような眠れなかったような、ぼんやりとした夜が過ぎ、朝が来る。

部屋を出て階段を下りる。とりあえず、家はゼロ世界と同じ家だ。

おじいちゃんもおばあちゃんも、ユノも亡くなってしまって、今は僕と母さんの二人暮らしだ。もうすぐ和音が一緒に暮らしてくれるはずなのだけど、35も離れている世界ではどこまで一緒か怪しいところだ。

「……おはよう」

恐る恐る、台所の人影に声をかける。

「あら、おはよう。今日はずいぶん早いのね。朝ご飯まだできてないわよ」

耳になじんだ母さんの声が聞こえてきて、ひとまず安心した。

「母さん、ちょっと大事な話なんだけど……僕、今ＩＰ35なんだ」

「35！　それはまた遠くから来たのねぇ」

「うん。今日、研究所に行って色々調べてくるけど、もしかしたら帰りが遅くなるかもしれないから、そうなったら気にしないで寝てて」

「はいはい。へぇ、それにしても35？　珍しいわぁ。そんなの滅多にないんでしょ？」

「うん。自然に起きるのはかなり珍しい。今回は実験中だったからそのせいかも」

「あら……あんまり危ないことしないでよ」

「大丈夫だよ。こうして無事だしね」

35も違う世界でも、僕はこうして普通に母さんと会話できている。母さんも特に違和感はないようだ。ゼロ世界のことを色々と聞かれるかと思ったけど、母さんは何も聞かなかった。だから僕も、母さんにこの世界のことを聞くのはやめておいた。

それからいつも通りに朝食を食べて、いつも通りに研究所へ向かった。町並みもほとんど変わっていない。研究所の場所も同じだった。

僕はまず父さんを探して、いつも父さんがいる研究室を訪ねた。僕のＩＤでは入れない部屋もあるので、共有スペースに父さんを呼び出してもらう。幸い忙しくはなかったらしく、すぐに来てくれた。

「どうした暦？」

「うん。とりあえず、見て」

説明をせず、まずはいきなりIP端末を見せる。

「35⁉ なんだ、何かあったのか？」

驚く父さんに、僕は自分がゼロ世界で参加しているシフト実験のことを話した。

「なるほど。お前のゼロ世界では、お前がシフト実験に参加してるのか。この世界でもシフト実験はやってるが、被験者はお前じゃない」

やっぱりか。僕の考えは正しかったようだ。だとすると今回の遠距離シフトは、やはり僕のゼロ世界でのトラブルだろうか？

「僕、帰れるよね？」

「ああ、それは問題ないだろう。所長に話してカプセルを使わせてもらおう。けどせっかくだから二、三日は滞在していけ。こんな遠距離の世界と情報交換できる機会なんか、そうそうないからな」

「ああ、うん。それは問題ないよ」

「よし、だったら早速はじめるか。待ってろ、所長を呼んでくる」

父さんにしては珍しく、少し興奮気味に見えた。気持ちはよく分かる。遠い並行世界との情報交換は非常に魅力的だ。

やがて所長が飛んできて、急いで会議の準備が進められる。そしてこの日は夜まで互いの世界の研究情報などを交換していた。

○

やっと解放されたのは、夜八時のことだった。

ここからはシフト実験のもう一つの目的を果たす時間だ。すなわち、並行世界の和音との交流。どんな和音も愛せるかということを確かめるには、この遠距離シフトこそが都合がいいとも言える。

この時間まで研究所内では和音の姿を見かけなかった。これだけ離れた世界だと違う仕事についているのかもしれないと思ったが、確認してみるとちゃんと在籍している。どうやら別の研究チームに所属していてたまたま顔を合わせなかっただけらしい。

出退勤データを見るとまだ所内にはいるようなので、エントランス横の待合室で和音が来るのを待つ。

それから約二〇分後、エントランスに和音がやってきた。女性にしては速い足取りで出ていこうとする背中を追いかけ、いつものように声を掛ける。

「和音」

「え？　ああ、高崎くん。お疲れさま」

とてつもない違和感が、僕を襲った。

高崎くん。和音は確かに僕をそう呼んだ。

僕の知っている和音は大学一年の時に僕と付き合い始めて以来、ずっと僕を「暦」と呼んでいる。9番目の世界まではそうだった。

それが「高崎くん」ということは、もしかしてこの世界では。

「どうかしたの?」

どう答えたものか考えながら、和音の左手に目をやる。

その薬指に、アクアマリンの指輪は、はまっていなかった。

予想はしていた。ある程度離れた世界からは、僕と和音が婚約していない世界もあるだろうと。35も離れた世界なのだからそれは十分にあり得る可能性だった。

しかしやはり、いざ指輪のはまっていない指先を見ると、動揺を抑えきれなかった。

「……高崎くん?」

怪訝《けげん》そうに眉をひそめる和音に、黙って自分のＩＰ端末を見せた。その数値を確認した和音の目が丸くなる。

「35⁉　ずいぶん遠くから来たのね……初めて見たわこんな数値」

その反応を見て、僕は高校時代に和音から騙されたことを思い出した。

あのとき和音はＩＰ端末にデジタル数字のシールを貼って、自分は85番目の世界から来たのだと僕を騙した。すっかり騙された僕は、だけどその出来事をきっかけにして和音と仲良くなっていったんだ。

　この世界ではどうなんだろう？　あの思い出さえ、存在しないのだろうか？

　急に不安になり始めた僕の心を、和音の次の台詞が救ってくれた。

「まさか、今さら高校時代の仕返しじゃないでしょうね」

　そう言って和音は僕の端末に手を伸ばし、指先で画面をひっかく。

「シールじゃないみたいね。本当に35もシフトしたんだ……あのとき私、どこから来たって言ったんだっけ？　35だっけ？」

　よかった。あの思い出は共通しているらしい。どこで分岐した世界なのかは分からないけど、この世界の僕と和音は、少なくとも友達だと考えていいだろう。

「……もしかして、そっちの世界では無かったことなのかしら？」

　色々な想いが渦巻いて返事ができない僕の様子を見て、和音も僕と同じことを考えたようだった。僕に問いかけるその顔は少し不安そうで、この世界の和音にとってもあれは大事な思い出なんだと分かって、嬉しかった。

「……35じゃないよ。85」

「85？　そんなに遠かったっけ。それにしては綺麗に騙されてくれたわよね」

「あの時は今ほど詳しくなかったから仕方ないよ」

「はいはい」

勝ち誇ったような和音の笑み。どうやら35程度離れただけでは性格はそんなに変わらないらしい。憎らしい、かわいらしい和音のままだ。

「お疲れさまでーす」

「あ、お疲れさまです」

　同僚の研究員が僕たちの横を通って外へ出ていく。そう言えば、うっかりエントランスをふさいでしまっていた。

「こんなとこで立ち話もなんだから、ご飯でも行かない？」

「そうね……あ、じゃあせっかくだから、久しぶりにあのカラオケもどう？」

　久しぶりに。そう言われて、あらためてこの世界における僕と和音の距離を感じる。元の世界では、僕と和音は今でもちょくちょくあのカラオケに行っているから。

「そうだね。久しぶりに、いいかもね」

　僕はあえてそう答えた。

　そうして僕と和音は軽く食事をした後で例のカラオケボックスに移動した。

　まずはアルコールで乾杯し、何曲か歌って日頃のストレスを解消する。そのうちに頼んでいたつまみ系の食べ物が来ると、歌うのをやめて話し始めた。

　僕はこの世界が決定的に分岐したのはどこなのか、さりげなく確認しようと考えた。僕と和音が婚約していないことは間違いないだろう。では、恋人ですらないのか？　ただの友達、同僚なのか？　気になるのは当然だろう。

「和音は今、付き合ってる人はいるの？」

「残念ながら。そっちは？　もしかして、私があの時ついた嘘みたいになってるの？」

「少なくとも、和音を路地に連れ込もうとした変な人を蹴り飛ばしたことはないよ」

「ああ、そんな設定だったっけ。懐かしいわ」

和音は目を細めて笑う。この世界の和音には付き合っている相手がいないようだ。反応からして僕と付き合っているわけでもないらしい。してみると、分岐したのは大学一年生の時か？　和音が僕に「ナンパが鬱陶しいから恋人になってくれ」と言ってきた、あれがこの世界では無かったことなのだろうか。考えてみれば、和音が僕を「暦」と呼び始めたのはそれからだ。僕を「高崎くん」と呼ぶということは、つまりそういうことなのだろう。

「じゃあ、35もシフトしても私と高崎くんの関係ってあんまり変わってないの？　だとしたら、並行世界なんて言ってもあんまり面白くないわね」

アルコールの飲み放題つきで入っているので、和音は少し酔っているらしい。酒に弱いところは変わっていないようだ。

さて、しかしどうしよう。付き合ってるどころか婚約してますと、正直に話すのはなぜかためらわれる。僕がその話をすることで、この世界に余計な影響を与えてしまうような気がするからだ。いや、今からでもこの世界で僕と和音が結ばれるのは、僕にとっては別に悪いことではないような気がするのだけど――

……いや、違う。

危なく見落とすところだった。そうだ。なんで思いつかなかったんだ。

「なに、虫でもいたの？」

「え？」

「なにか、見つけたみたいな顔してるから」

「あー、いや、ごめん。なんでもない」

怪訝そうな視線を向けてくる和音に、曖昧な笑みで取り繕う。

「で、実際どうなの？　そっちの世界での私たちの関係って」

「それは……言わぬが花ってやつじゃないかな」

「えー」

口を尖らせる和音。そうだ、ゼロ世界の僕と和音の関係なんて、言うべきじゃない。

なぜなら、この世界の僕に、和音以外の恋人がいる可能性があるからだ。

限りなく低い可能性かもしれないけど、ゼロではない。だったら、僕が今ここで和音に何かを吹き込むのはやめておいたほうがいい。いや、そんな相手がいなかったとしてもだ。この世界の僕と和音だって、きちんと自分の人生を歩んでいるんだ。そこに余計な情報を与えて引っかき回すべきではない。

「わりと本気で、遠くの世界だと付き合ってるかもなー、なんて思ってたんだけど」

「可能性はあるね」

そう。この世界の和音にとって、僕と和音が結ばれるのは可能性の世界なのだ。

結ばれなかった僕と和音が、例えば寂しくて眠れないような夜に、もしも結ばれていたらと想像する世界。

逆に言えば、この世界もまた、僕にとって可能性の世界だ。

僕が和音を、そして和音が僕を、選ばなかった可能性の世界。

僕は和音を選んだ可能性だ。僕がその可能性であるために、僕は決して、和音を選ばなかった可能性を否定してはいけない――

その時。

「あ」

霧が晴れたかのように、僕は答えに辿り着いた。

可能性。

可能性ごと愛するっていうのは、もしかして。

「ああ……そうか」

「ん？　どうしたの？」

「いや、ちょっと今、悩みが一つ解決したんだ」

「ふーん？」

不思議そうに首をかしげる和音。そんな和音が愛おしく思えてくる。

僕はこの和音と結婚できるか？　答えははっきりと出た。無理だ。無理と言うよりも、結婚してはいけないのだ。僕と和音が結婚するために。

「あのさ、和音」

「なに？」

「詳しくは言わないけど……僕は今、幸せなんだ。和音は？」

「……まぁ、どっちかと言えば、幸せかしら」

「そっか。なら良かった」

僕はグラスを持ち上げて、その幸せに小さな乾杯をした。

なんだかとても、和音に会いたくなった。

○

僕がゼロ世界に帰ったのは、それから二日後のことだった。

研究所で35番目の世界の研究成果を十分に吸収し、ＩＰカプセルでオプショナル・シフトを実行。ＩＰは無事、000に戻っていた。

カプセルから出ると、まずは磁場の制御を担当していた研究員から平謝りされた。こういうリスクも事前に説明された上で参加すると判断したのは僕だ。結局何事もなかったわけだし、失敗のデータも研究にとって意義のあるものだ。僕はそう言って頭を上げてもらった。正直、それどころではないというのもあった。

こっちの世界では和音も同じ研究チームだ。僕を取り囲む研究員の中にはもちろん和音の顔もある。二日間、35番目の僕と一緒にいたはずの和音。

その日の業務を終えて、和音と一緒に自宅へと帰る。

そして僕の部屋で、二人は向き合った。

「とりあえず、お帰り」

「うん。ただいま」

「どうだった？　向こうの私は」

「あんまり変わらなかったよ。お酒に弱くて、歌が上手かった」

「カラオケ行ったんだ」

「うん」

「私も、久しぶりに『高崎くん』とカラオケに行ったわ」

「だと思った」

きっと同じ選択をしているだろうと思っていた。それは和音も同じだったようで、僕たちは小さく笑い合う。

「僕と、どんな話をしたの？」

「神はサイコロを振るかって話」

「いいね。今の僕たちにぴったりだ」

「そっちは、私とどんな話をしたの？」

「波動関数は収束しないって話」

「エヴェレット解釈？」

「僕たちの今と未来の話だよ」

真面目な顔で言うと、和音の顔から笑みが消えた。

僕たちの今と未来の話。僕たちがオプショナル・シフト実験に志願した理由。

僕と和音が結婚するその日、もしもどちらかのＩＰが変わっていたら、そのまま結婚してもいいのか？

「……私はまだ、答えを出せてない」

「僕は答えを出したよ」

「聞かせて」

普段の凜とした様子からは想像もできない、すがるような目で和音は僕を見る。

そんな和音に、僕は微笑みを返した。

「結婚式の日は、ＩＰ端末を外そう」

和音の目が丸くなった。きっと、予想外の提案だったのだろう。

「そうすればＩＰなんて関係なくなる。僕と和音、一人の人間同士として結婚しよう。昔の人たちはみんなそうしてたんだから」

「でも……それだと、自分が結婚したのが誰だか分からなくなる」

「僕だよ。和音が結婚するのは僕だ」

「…………」

「僕たちはお互い、相手の可能性ごと結婚するんだよ」

「可能性ごと……？」

僕の言っている意味が理解できないようで、和音は眉をひそめて聞き返す。さっき和音がちょうどいい言葉を出してくれたところだ、それを使わせてもらおう。

「例えば、僕がサイコロだとする。サイコロを振った瞬間に世界は六つに分岐して、一の目が出たのが和音と結婚する僕だ。二から六の目は並行世界の僕。いい？」

「うん……」

素直に頷く和音。心が弱った時の和音は打って変わってしおらしくなる。

「でも、和音は一の目と結婚するんじゃなくて、サイコロそのものと結婚するんだよ。ただ一の目が上を向いてるだけであって、二から六の目もちゃんとあるんだ。むしろ他の世界が二から六の目を出してくれてるおかげで、僕と和音は結婚できる。他の目が存在しなければ、一の目だって存在しないんだから」

無垢《むく》な瞳で、和音は僕の言葉を黙って聞いている。

この世界の僕は、僕の断片に過ぎない。その断片だけを愛するのではなく。

「だから、IP端末を外そう。一の目としてじゃなくて、一つのサイコロとして結婚しよう。僕たちはお互い、相手の可能性のすべてと結婚するんだ」

「……相手の可能性の、すべてと……」

和音の中から、だんだんと不安が消えつつあるのを感じる。

僕と和音が選ばなかった可能性のすべてが、僕と和音を結婚させてくれる。

だから、その可能性すべてと結婚しよう。

「ただ、当日もしも遠距離のパラレル・シフトが起きて、相手が自分と結婚することを拒否したら、さすがにその時は中止にしよう。まぁ、そんなシフトが自然発生するなんてまずあり得ないけどね」

「……近距離のシフトだったら？　1とか2とか。その場合、並行世界の暦と結婚することになる。これは十分にあり得るわ」

「確かにそうだけど、近距離のシフトはすぐに元の世界に戻る。第一それだけ近い世界だったら違いなんてほとんどないよ。和音は、僕が髪を切ったら結婚したくないと思う？　乗ってる車が違ったら？」

「そんなことないけど」

「じゃあ大丈夫。近い世界の僕はみんな、和音と結婚することを選んだんだから」

「この世界の私が、一つ隣の世界の暦と結婚するのはいいの？」

「サイコロの目が変わるだけだよ。一の目の和音と二の目の僕が結婚するだけ。サイコロ同士で結婚することに変わりはない。僕と和音が、結婚するだけだ」

「私と暦が、結婚するだけ……」

和音の表情からはもう、暗い色の九割方が消えている。だけど残り一割の不安がどうしても拭えないようだ。

だったら、その最後の一割を拭うためのハンカチは、結局。

「和音」

「うん」

「僕は、和音のすべてを愛したい。和音にも、僕のすべてを愛してほしい」

「うん……」

「結婚しよう、和音」

「……うん」

和音の瞳から、一筋の涙がこぼれる。
僕は和音の眼鏡を外して、その涙を優しく拭う。

◯

そうして僕たちは、お互いのすべてと結婚した。

幕間

僕たちの所内臨床試験の結果をもとに、オプショナル・シフトの臨床試験は正式に認可され、三年後には実用化に至っていた。

これは、複数の並行世界で同時に実験が始まった結果、並行世界間で情報が並列化されるようになったためである。オプショナル・シフトは、並行世界そのものを一種の量子コンピュータのようにしてしまったのだ。

これにより、虚質科学はさらなる飛躍的な発展を遂げた。ついには虚質素子の観測にも成功し、ＩＰの固定化、通称『ＩＰロック』をはじめとした『並行世界間の移動を制御する技術』の数々が実用化されることとなる。

当然ながら、オプショナル・シフトがもたらした様々な技術に関しては急速に法整備が進められた。悪用すればこれほど犯罪者に利するものもない。例えばある世界で犯罪を犯した場合、オプショナル・シフトによって遠くの並行世界へ逃げ、そこでＩＰをロックして元の世界へシフトしないようにする。こうすることで犯罪者はいともたやすくその罪から逃れることができるようになったのだ。こうして並行世界の自分に罪をなすりつけることを、世間は『IP冤罪』と呼んだ。

これに対し、政府は並行世界に関するいくつかの法を整備し、それを根拠として内閣府に虚質技術庁を新設。虚質科学の実験設備を擁するすべての施設を登録し、IPカプセルなどの設備を使用する際にはその全記録の保管と提出を義務づけた。また、警察庁や検察庁にも専門の部署を作り、IP冤罪を避けるべく並行世界間における犯罪捜査の並列化を実現した。捜査や裁判が終わるまでは事件関係者のIPを一時的にロックし、並行世界へシフトしないようにすることも許されている。

僕が勤める研究所は虚質技術庁の設立と共に独立行政法人化し、国立研究開発法人虚質科学研究所という長ったらしい名前になった。同時に警察やら検事やら弁護士やら見慣れない人たちの出入りが増え、研究だけをしていたい僕たちにとっては酷く煩雑な仕事も増えたのだが、そのおかげで給与が増えて家族に金銭的な不自由をさせずにいられているので良しとしよう。

この時はまだオプショナル・シフトもIPロックも一般人には縁のない技術だったのだが、それらの一般化は急激に進み、そう遠くない未来に民間企業が家庭用のサービスを始める時代がやって来ることになる。人々は進歩し続ける技術と変化し続ける価値観に追いつくだけでも大変だった。

さて、そんな風に劇的なパラダイム・シフトを迎える世界の中で、僕と和音の新婚生活は、何事もなく静かで幸せだった。

たまに小さなぶつかり合いをするくらいで基本的にはいつも仲のいい僕たちを見て、母さんが「いいわねえ」と羨ましそうに言うたびに、親に離婚された子供としてはリアクションに困ったものだ。

激流に飲まれたかのように変わっていく世界とは裏腹に、あの実験以降は大きなシフトを経験することもなく、僕たちは本当に日々を穏やかに過ごしていた。

結婚して二年目には、僕と和音の間に待望の子供が生まれた。男の子だった。

僕たちは息子に『涼』と名付けた。音が『良』と通じるその文字の成り立ちは水と家の象形《しょうけい》で、それをもって良き水、良き家となれるよう願いを込めた。

唯一不満らしい不満を挙げるとすれば、和音が涼をかわいがりすぎて、あまり僕の相手をしてくれなくなったことくらいだろうか。さすがに息子に嫉妬するのは少し情けなさ過ぎるような気はしたから、なるべく平気なふりをしていたけど。

けれど涼がだんだんと物心ついてくる頃には和音の溺愛も落ち着いてきて、同居している母が涼の面倒を見てくれることもあって、また休日に二人でデートしたりすることも多くなっていった。そうなると今度は涼が僕に和音を取られたと思ったらしく、僕と和音の間に割って入られたりもした。

ふざけ半分で息子と和音を取り合い、和音が困ったように笑う。
そんな何気ない時間が、とても幸せだった。

○

そして、涼が来年小学生になるというその年。
僕と和音を、人生最大の事件が襲った。

第四章　壮年期

一月一日、元日。

年始くらいゆっくり過ごそうという僕の希望は今年も叶わず、朝早くから和音と涼に叩き起こされ、僕たち親子は初詣に来ていた。

和音とは毎年一緒に来ていたけれど涼を連れてくるのは初めてだ。和音はせっかくだから久しぶりに宇佐神宮へ行こうと言ったのだが、宇佐神宮と言えば全国四万社を数えると聞く八幡宮の総本宮。毎年数十万人という参拝客が訪れ、その中の一人になろうと思えば必ず地獄のような渋滞に巻き込まれることになる。あんな経験は二度とごめんだ。あの時の疲労や苛立ち、破裂しそうな膀胱《ぼうこう》の思い出をとくとくと語ることで和音もその恐怖を思い出し、やはりいつも行っている稲荷神社にしようということで話はまとまった。

とは言え、その神社もそれなりに大きな神社ではある。国道を避けて山の中の迂《う》回路《かいろ》をのんびりと走りながら到着した時には、参道はすでに参拝客でごった返していた。ここも毎年数万人規模の参拝客が訪れるらしい。

これほどの人混みを見るのは初めてな涼が、興奮して飛び跳ねる。

「お父さん！　すごい人！」

「すごいなあ。手を離すなよ、涼」

「そうよ。お父さんとお母さんの手をしっかり握っててね」

はぐれないように僕と和音で涼を挟むようにして立ち、しっかりと手を繋いでじりじりと進んでいく。たくさんの鳥居をくぐりながら長い階段を上り、拝殿に辿り着いた時には数十分が経過していた。しかしこれも一時間を超える渋滞に比べれば楽なものだ。

ようやく賽銭箱の前に並び、僕はあらかじめ用意していたお賽銭を取り出した。

「涼、あの鈴を二、三回鳴らして」

「うん！」

涼は嬉しそうに、勢いよくがらんがらんと鈴を鳴らす。そして三人でお賽銭を入れて、二礼二拍一礼。頑張って僕たちの真似をする涼の姿は我が息子ながらかわいらしい。

「お父さん、なにをお願いしたの？」

これから神様にお願いをしに行くんだよ、と涼には教えておいた。正確には違うのだろうけど、まぁいいだろう。お願い事は人に話すと叶わないなどとも言うが、それも気にしないことにする。

「お父さんは、涼とお母さんとおばあちゃんが健康でありますようにって」

「お母さんは？」

「同じよ。涼とお父さんとおばあちゃんが健康でありますように。涼は？」

「あのね、晩ご飯がハンバーグでありますように！」

「また？　涼は本当にハンバーグが好きね」

僕も和音のハンバーグは大好きだけど、必ず週に一回以上ハンバーグなのはちょっとどうだろう。他のメニューやアレンジレシピで栄養バランスには気を遣っているみたいだけど、少しずつ甘やかすのをやめさせなければ……と、思ってはいてもなかなか強く言えないのが現状だ。

「お母さん、あれなに？」

「あれは甘酒よ。涼は飲んだことない？」

「ない！」

「そうだっけ。暦、涼に飲ませてあげる？」

「甘酒って子供が飲んでもいいんだっけ」

巫女さんに確認をして、子供が飲んでも大丈夫な甘酒を分けてもらう。だけど残念ながら涼はあまりお気に召さなかったようだ。ぺろりとなめて顔をしかめてしまった。

無事に参拝を終えて境内《けいだい》を出ると帰りはスムーズだ。裏参道を降りると、来る時は人混みで見えなかった屋台が現れ、当然のように涼が興味を示す。ちょうど小腹が空いてきたところだ。

「和音、何か食べる？」

「そうね……涼、お腹すいた？」

「うん」

「じゃあ、軽く何か食べよっか」

和音が頷いたので、何があるかと屋台を見回す。屋台の食べ物は妙に高かったりするから気をつけないとな、と涼の手を離して立ち止まり、財布の中身を確認する。涼は和音の手を引いて屋台へと走っていく。

その時、参道のほうで騒ぎが起きた。

最初はざわめきだった。何かあったのかと思わず視線を向ける。参拝客の列がにわかに乱れ、人々の頭がみな同じ方向を向いている。それは人混みの中心らしく、こちらからは全く見えない。

そして、突然の怒号。

男の怒鳴り声に女性の叫び声が重なり、人混みが大きく崩れた。

狭い参道で押し合う人々は将棋倒しになり、難を逃れた人たちは屋台の広場へと逃げようとする。そうして割れた人混みの隙間から、一人の男――男だと思う、マスクとサングラスをしていてよく分からない――が現れた。

その右手には、何か赤い液体で濡れた刃物。

男は奇声を発しながら、刃物を振り回してこちらへ走ってくる。

剝き出しの狂気が平和な元日の光景を地獄絵図へと塗り替える。僕は手を離してしまった涼と和音の姿を探して視線を巡らせる。

そして、心臓が止まりそうになった。

男の走る先に、和音と涼がいる。

男の奇声がひときわ大きくなる。おそらく「どけ」と言ったんだと思うけど、よく分からなかったしそれどころでもなかった。

人々の悲鳴。男の怒号。しゃがみ込んで涼を抱き締める和音。刃物。赤い液体。足が動く。恐怖。混乱。怒り。涼、和音！

僕は無我夢中で走り、刃物を持ったその男を横から蹴り飛ばしていた。

〇

正月早々に参拝客を襲った悲劇。死亡者は出なかったものの複数の被害者を出したその通り魔事件は大々的に報道され、お約束のように社会の闇やフィクションの暴力表現などが取り沙汰された。しかし実際にその被害に遭った僕たちにとっては、そんなことよりも犯人が「誰でもよかった」と供述したという事実に心の底から恐怖を覚えた。比較的平和なはずのこの国でもたまにこういう事件が起こることは知ってはいたが、まさかそれに自分が巻き込まれるとは思ってもみなかったのだ。

死者が出なかったのは不幸中の幸いと言っていいだろう。和音と涼も傷一つ負っていない。あの時、僕が咄嗟に犯人を蹴り飛ばした後で、周りの男性たちが一斉に犯人に飛びかかって取り押さえた。そのまま警察に通報という流れだったので僕も怪我はしていない。それ以上は関わりたくなかったので、警察が到着する前にその場を去った。

帰りの車の中で、和音はずっと涼を抱きしめていた。涼は自らの身にどれだけの危険が迫っていたかをあまり分かっていないらしく、脳天気に「びっくりした！」などと言っていたけど、心の傷になったりするよりはよかったのかもしれない。

家に帰りついた時にはすでにその事件はニュースになっていて、母さんが心配そうに駆け寄ってきた。

「ああ、よく帰ってきたねぇ！　誰も怪我してない？」

「大丈夫だよ母さん。僕たちは事件の現場から遠いとこにいたから」

「涼もなんともないから、心配しないでください」

僕たちは余計な心配を掛けないために口裏を合わせて、遠くで何か騒ぎが起きたから巻き込まれないうちに帰ってきた、ということにした。僕が犯人を蹴飛ばしたなんて知ったら倒れてしまいかねない。

そしてその夜。

僕は寝室で、和音に正座させられていた。

「アメと鞭、どっちからがいい？」

これは和音が怒っている時の、今から説教をしますよという合図だ。こうなっては逃げることなど叶わない。だから僕はいつも、せめて怒られた後で優しくされることで多少なりとも癒やされたいという狙いの元、まずは鞭を選ぶ。

「……鞭からかな」

「よろしい。あのね、刃物を持ってる相手に蹴りかかるなんて危なすぎ。自分の運動神経の悪さ自覚してないの？　あんな危ないことはなるべくしないで。もし暦に何かあったら一番かわいそうなのは涼なんだから」

涼が生まれて、和音は変わった。多分、一番大事なものが涼になったんだと思う。和音を好きな一人の男としては複雑なものもあるが、涼の父親としてはこれほど喜ばしいこともない。

だから反論はしない。ああしなければ二人が危なかった、なんて言い訳に過ぎない。僕は自分の身を危険にさらさずに涼と和音を守らなければいけなかった。父親として、それが唯一の正解なのだ。

「うん。ごめん」

「反省してる？」

「はい」

「もう危ないことしない？」

それでも僕は、そこまでは約束できない。僕はヒーローでも何でもないから、次に同じようなことがあればきっとまた危ないことをしてしまう。

「……努力する」

そう答える僕に、和音の無言の視線が突き刺さる。

僕も和音も、押し黙ったままの時間が続く。僕と和音は、こんな沈黙の夜をいくつも越えてきた。お互いにぎりぎりの誠実さで口が開けなくなってしまう、そんな夜。

けれど、僕たちももう三〇歳だ。

和音が小さくため息をつき、一気に空気が緩和した。

「鞭、終わり。アメ」

言い終わるよりも早く、正座したままの僕の頭は和音の胸に抱かれていた。

「助けてくれてありがとう。かっこよかった」

「どういたしまして。惚れ直した？」

「うん。私、言ったもんね」

「何を？」

「私が好きなのは、悪い人を蹴飛ばして私を助けてくれる人だって」

「ああ、懐かしいね」

「ちょっと気持ちが若返った気がしない？」

「……久しぶりに高校の制服でも着てみる？」

「バカ」

重ねられた唇のように、その罵声《ばせい》は柔らかかった。

○

ひとまず何事もなく終わったその事件は、しかし和音の心に傷を残していた。

僕たちの正月休みは三日まで。それは涼を預けている保育園も同じで、四日からはまた涼を預けて仕事に行く予定だった。

ところが。

和音が、涼から離れることを嫌がるのだ。

「そんなに心配しなくても大丈夫だよ」

「でも、またあんなことに巻き込まれたら……」

僕が何を言っても、和音はこう言って涼を離そうとしない。

無理もないかもしれない。僕は言ってみれば横から見ていただけだが、和音は真正面から血に濡れた刃物を持った通り魔に襲われかけたのだ。その刃は下手をすれば和音の、あるいは涼の命を奪っていたかもしれない。また何かあってはと、和音が過剰に涼を心配する気持ちも分からないではなかった。

だから僕は職場と保育園に連絡して、和音が落ち着くまで涼と一緒に数日休ませることにした。和音は頭のいい人間だ。今は取り乱していても、二、三日もすればきっと落ち着くだろうと思って。

「和音、保育園と研究所には連絡しておいたから。しばらく涼とゆっくり休むといいよ」

「うん……ごめんね暦。ありがとう」

そう言って力なく笑う和音。自分が和音を安心させてあげられないことを情けなく思いながら、せめて和音の分もしっかりと仕事をして、夫として、父親としての務めを果たそうと日々を過ごした。

そして二日が過ぎ、三日が過ぎ、四日が過ぎ——一週間が過ぎても、和音は涼と離れようとはしなかった。

仕事が休みの日、僕は母さんと二人でテレビを見ている。和音は涼の部屋で涼と一緒にゲームをしているらしい。母さんの話によると、ここ数日はずっとそんな風にして片時も離れようとしないのだとか。ただ家事はきちんとこなすし、その間も涼を側に置いておくため必然的に涼が家事を色々と手伝うようになり、それはそれでいいことだけど、と前置きした上で、母さんは続ける。

「涼は大丈夫なのよ。外に遊びに行きたがったりするし、元気なものだわ。でも和音ちゃんがね……見てて心配になるの。あんなことがあったんだから無理もないけど、ちょっと思い詰めすぎじゃないかしら」

母さんは、和音と涼が通り魔の標的になっていたことを知らない。余計な心配をかけないために僕たちは巻き込まれなかったと嘘をついている。だから今の和音の状態が殊更に大袈裟に見えるのだろう。

「この前はお料理中に包丁で怪我したって言うし……一回、カウンセリングとか受けさせたほうがいいんじゃないかしら……」

数日前に仕事から帰ると、和音が左手首に包帯を巻いていた。母さんの言う通り、料理中の不注意で包丁を取り落とし、少し深く切ってしまったらしい。いまだに包帯が取れていないということはそれなりの傷なのだろう。もしもまたそういうことがあれば、今度はもっと大きな怪我をするかもしれない。しかもそれは和音ではなく涼かもしれないのだ。

そうなってはまさに本末転倒だ。

けれど、いきなりカウンセリングを勧めるというのも和音をさらに追い詰める気がしてやりたくない。だから、もう一回ゆっくり和音と話をしてみることにした。もともと今日の休みはそうするつもりだったのだ。

母さんにその旨を告げて、涼の部屋へと向かう。

「涼、今！　そこ！　行け！」

「もう、お母さんうるさい！」

部屋の中からは和音と涼の元気な声が聞こえる。こうして遊んでいる声を聞いている分には健全なものなのだが。

「入るよー」

一応声をかけて部屋に入ると、涼はHMD《ヘッド・マウント・ディスプレイ》を被ってVRゲームに没頭しており、その隣で和音が応援していた。外部モニタに出力されているのはサッカーゲームの画面だ。

「暦、どうしたの？」

「うん、ちょっと和音と話したいことがあって」

「なに？」

「僕たちの部屋に行こう」

「……ここじゃ駄目なの？」

「二人で話したいんだ」

「でも……」

和音はちらりと涼に目をやる。僕たちの会話が聞こえているのかいないのか、涼は気にした風もなくゲームを続けている。

「涼、ちょっとストップ」

ゲームに一区切りがついたタイミングを見計らって、僕は涼の肩を叩く。涼はＨＭＤを外してきょとんと僕を見た。

「お父さん、ちょっとお母さんとお話ししてくるから。ＶＲはここまで」

「えー」

口を尖らせる涼。うちでは子供だけでＶＲゲームをすることを禁止している。ＶＲゲームをしていると、リアルな３Ｄの世界に没頭するためついつい体が動いてしまうことがあり、それによって転んで後頭部を打ったりする事故がよく起こるのだ。和音はそれが心配なのだろう。

「普通にテレビでも遊べるだろ」

「テレビ画面だとやり辛いもん」

これも時代の進歩というやつだ。僕が子供の頃、ＶＲはまだ金持ちの道楽のようなものだった。なのにあれからたった十数年でVRはクリスマスプレゼントで子供にあげるものランキング第一位となり、今ではゲームと言えば基本的にVRのことを指す。普通というものは環境によって変わるわけで、テレビ画面でゲームをするというのは、今の子供にとってはもう普通ではないのだ。もっとも、こういうゲームの進歩とは比べ物にならないほど、虚質科学は世界の普通を一気に変えてしまったわけだが。

「とにかく、HMDはちょっと没収。話が終わったら返すから。もしどこか行く時は声かけろよ」

「はーい」

不満そうにはしつつも素直に頷く涼。このあたり、とりあえず自分はきちんと涼を育てられているのだろうと安心する。

「涼、気をつけてね。危ないことしちゃ駄目よ」

「お母さん最近うるさすぎー」

「涼のためなの！　本当に危ないんだから！」

心配する言葉を茶化され、和音は声を荒らげる。こんなことは今までになかった。涼は不満げな顔の中に、わずかに怯えの色を覗かせる。

「なー、お母さんちょっとうるさいよなー。涼は大丈夫だもんなー。危ないことなんかしないもんなー」

僕はわざとおどけた口調で言いながら涼の頭をぐしゃぐしゃとなでる。こんなことで涼の中に和音への恐怖心を植え付けたくない。

「ほらお母さんも、大きな声だしてごめんなカバって謝らないと」

「……カバじゃないでしょ……涼、ごめんなゾウ」

「サイだよ！」

我が息子ながらキレのあるツッコミである。しかしここは和音もよくボケた。三人で和やかに笑い合い、僕と和音は夫婦の部屋へと向かうのだった。

○

けれど、部屋で二人向き合うと、そんなささやかな笑顔は消えてしまった。

「和音」

「……分かってる」

「僕も、分かってるつもりだよ。和音が涼をすごく愛してくれてること。だからこそ、また何か危ない目に遭うんじゃないかって心配してくれてること……でも、それを心配しすぎて涼を縛りつけるのは、僕は反対だ」

「…………」

「確かにリスクはある。正月のような事件に巻き込まれる可能性なんてものすごく低いはずなのに、それでも僕らは巻き込まれた。それを考えると、家から一歩も出さないでずっと一緒にいるのが安全なのかもしれないけど……」

「………」

「けど僕は、それでも外の世界で生きることは、そのリスクを負うだけの価値があることだと思う。僕たちはみんなそうやって生きてるんだ。もし僕が交通事故に遭うことを怖がってずっと引きこもってたら、和音には会えなかった。涼も生まれなかった。そんな大きな幸せの可能性を、涼から奪っちゃいけない」

ここ数日、和音に何をどう話そうかとさんざん考えた。和音を傷つけたくはない。でも今の状況は何とかしないといけない。

だから、今のままだと失ってしまうであろう幸せの大きさを説くことにした。僕と同じ、いやそれ以上の幸せを涼には手に入れてほしい。涼を愛している和音だからこそ、この想いは届くはずだと思った。

だが。

「……でも、そんなの」

和音は声を、肩を震わせながら。

「そんなの全部、生きててこそでしょ……？　私だって分かるわよ。私たちの幸せには、リスクを負うだけの価値はある。私だってそう思う。でも……私たちがそう思うのは、私も暦も、生きてるからじゃない……」

　和音の震えはだんだんと大きくなってくる。

　僕は和音の気持ちが分かっていたつもりで、まだ全然分かっていなかったのだろうか。

　確かに僕は、和音ほどリアルには死のリスクを考えていなかった。それはたぶん、僕が涼をなんとか助けることができたという事実があるからだ。正直に言って、あれは少し僕の自信になっている。もし次に何かあってもきっとまた守ってみせる。僕にはできる……そんな根拠のない自信が僕の中にあって、それが和音にしてみれば油断と映っているのかもしれない。

「99％当たるくじを当て続けてるから言えるのよ……1％の外れくじを引いたらどうするの？　一〇〇人がくじを引けば一人は外れるのよ？　だったらずっとくじを引かないって選択肢はそんなに悪いこと？」

「……確率で考えるなら、1％の外れを怖がって99％の当たりを捨てるのは、ものすごくもったいないことだと……」

「だから、それは！　あなたが外れを引いたことがないから言えるのよ！」

　和音の両手が、僕の襟首を締め上げた。

　僕を「あなた」と呼んだ和音の眼鏡越しに、瞳から溢れる涙を見た。その両目はまるで絶望を見てきたかのような暗さを湛えている。

おかしい。いくらなんでも、これは。

どうして和音はここまで、1%の外れを恐れるのだろう?

『あなたが外れを引いたことがないから言えるのよ』

そんな言い方は、まるで自分が、外れを引いたことがあるかのような——

その時、ふと。

なぜだろう。僕の目は急に、和音が左手首に巻いている包帯の白に引きつけられた。

和音が怪我をしたのは、確か五日前だった。仕事から帰ってきたらいきなり包帯を巻いていたから驚いたものだ。自分の右手で包帯を巻いたらしく、それはかなり不格好なものだった。そう、ちょうどこんな風に——というよりも、今と全く同じ形に。

五日前に怪我をして、包帯を巻いて。

それから今日まで、一回も包帯を替えていないのか?

そんなことが、あるだろうか——?

「和音」

僕は和音の左腕を手に取る。

「……っ! いやっ……」

身をよじり、僕の手を振りほどこうとする和音。けど僕も一応男だ、さすがに和音よりは力がある。強引に腕を引き寄せ、その包帯をほどく。

包帯の下には、どこにも傷などなかった。

「…………」

細い腕から、抵抗する力が一気に消える。和音はうな垂れて何も言わない。

僕は考える。

怪我をしていないのに巻かれていた包帯。いったい何のために？　何かを隠すため？

何を？　普段和音の左手首にあるもの。それは？

「和音、ＩＰ端末は？」

観念したように、和音は素直に鏡台の引き出しを指さす。

その中に隠すようにしまわれていたＩＰ端末を取り出し、和音の左手首に巻く。

電源を入れ、ＩＰを確認すると。

その数値は――013、だった。

「……いつから？」

「……一週間、前」

一週間前。ちょうど冬休みが終わって、和音が涼を過剰に心配し始めた頃だ。

あの頃から、和音は13番目の並行世界へシフトしていた。涼から離れるのをあれほどまでに執拗に嫌がったのは、13番目の和音だったのだ。

和音はそれがばれるのを防ぐために、怪我したふりをして左手首に包帯を巻き、ＩＰ端末を外した。そうしてそのまま一週間、ずっと涼と一緒に過ごした。

どうして、そんなことを？

『あなたが外れを引いたことがないから言えるのよ』

答えは、一つしかなかった。

「和音……もしかして、そっちの世界では……」

「……そうよ」

聞きたくない。聞きたくはないけど。

「私の世界では……あの日、通り魔に刺されて……涼は、死んだの……！」

和音の瞳から、涙が落ちる。

こっちの世界の涼に聞こえないようにだろう。声を押し殺しながら、それでも和音は叫んだ。僕にしか聞こえない小さな声で、世の中の全てを憎むような怨嗟《えんさ》の声を上げた。

和音は体を大きく震わせながらも、歯を食いしばって泣き声を抑えている。その歯の隙間から漏れ出る小さなうめき声が僕の心を掻きむしり、僕は何も言えずにただその後頭部に目を落とすことしかできなかった。

「ずるい……たった、13しか、違わないのにっ……！　こっちでは、涼が、生きてて……元気に、遊んでてっ……！」

僕は今度こそ、ついさっき和音に「分かってる」なんて言ったことを激しく後悔した。

分かってなんていなかった。分かっているわけがなかったのだ。

僕が言ったことはすべて、涼が生きていたからだ。

もしも僕の世界であの時、僕の目の前で、涼が刺されて死んでいたら。

僕は絶対に、あんなことは言えなかったに違いない。

そして実際にそうなった和音は、おそらくオプショナル・シフトで跳んだのだ。涼が死ななかったこの世界へ。涼が死んだ世界を否定するために。

その結果――

そうだ。

今気づいた。そうだ、13番目の和音がここにいるということは。

この世界の和音は今、涼が死んだ13番目の世界に――!

「和音!」

その僕の呼びかけが、自分に対するものではないと分かったのだろう。目の前の和音は返事をしない。僕は大きく一つ深呼吸をし、和音の肩に手をかけて話しかける。

「和音……君は、オプショナル・シフトで跳んできたのか?」

無言で頷く和音。

「どうして?」

できるだけ、優しく聞く。

和音はなかなか答えようとしない。けれど僕は答えを急かさない。和音の行動を、絶対に責めない。これ以上和音を傷つけない。この世界の和音が一の目が出たサイコロなら、今目の前にいる和音は六の目が出たサイコロだ。どっちも同じサイコロ。僕は一つのサイコロとして、和音のすべてを愛すると決めたのだから。

「……あ、」

ようやく、和音が小さく口を開いた。

僕はその頭をなでながら、大丈夫だよ、と聞こえないくらいの声でささやく。

「会いたく、て」

うん。

「もう一回で、いいから……涼に、会いたくてっ……！」

和音が我慢できたのは、そこまでだった。

眼鏡を外した和音は、止めどなく涙の零れる両目を拭いながら、大声で泣き始めた。涼にも母さんにも聞こえているだろう。だけど僕はとてもじゃないけど「泣かないで」とは言えなかった。せめて震える和音を抱きしめて、子供のように泣きじゃくるその背中をなでてやるくらいのことしかできなかった。

そして僕は、これから自分がどうするべきなのか、考えていた。

この和音に、さっさと元の世界に戻れ、なんて口が裂けても言えない。だからと言って、きっと今向こうの世界で涼がいない悲しみに泣いているであろう和音をそのままにもしておけない。

パラレル・シフトは近い世界であるほど頻繁に起き、すぐに元の世界へ戻る。逆に遠くなればなるほどシフトする確率は減るが、その分シフトしてしまうとなかなか元の世界へは戻らない。13と言えば、近いとは言えないがそれほど遠い世界でもない。放っておけば自然に戻るような気もするが。

「お母さん？」

その時、部屋の扉を開けて、涼が恐る恐るという風に顔を見せた。

「お父さん……お母さん、どうしたの？」

涼の声が聞こえた瞬間、僕にしがみつく和音の両手に力が入った。

僕は安心させるようにその手をなでながら、涼に言う。

「ああ、お母さんね、お腹が痛いんだって。涼、こっち来てなでてあげて？」

「お腹？　痛いの？」

涼は小走りに駆け寄ってきて和音の隣にぺたんと座り、そのお腹に手を伸ばした。

「お母さん、大丈夫？」

「涼……」

涙でぐちゃぐちゃになった顔を上げ、和音はゆっくりと涼の頭をなでる。

「ありがとう……涼は、優しいね」

「お母さん、泣かないで、あのね、こうするとね、お腹痛いの治るんだよ」

涼は和音につられて泣き出しそうになりながら、和音のお腹に手のひらを当ててゆっくりとなでる。それは涼が腹痛を起こした時にいつも和音がしてやっていたことだ。

「どう？　気持ちいい？」

「うん……うん……！　ありがとう、涼……」

涙を拭きながら、和音が涼に笑顔を向けるのを見て、僕はそっと部屋を出た。二人にしてあげようという気持ちと、きっと母さんが心配してるだろうから安心させないと、という気持ちがあった。

リビングに戻ると、母さんはテレビもつけずにぼうっとソファに座っていた。

「母さん」

「ああ、暦……和音ちゃん、大丈夫なの？」

「うん、もう大丈夫。今は涼が見てくれてるよ」

言いながら、いったい何が大丈夫なのか、僕は全然分かっていなかった。

「そう……あのね、暦」

母さんが何かを言いかけた次の瞬間、僕の端末が電話の着信を告げた。

どうしようかと母さんを見ると、小さく笑って「どうぞ」と手のひらを差し出してくれた。ひとまず相手を確認すると。

「父さんから……？　ごめん母さん。もしもし？」

『ああ、暦。今、大丈夫か？』

「うん。どうしたの？」

『悪いんだけどな、和音くんも一緒に、今すぐ研究所まで来られるか』

「今すぐ？　和音も？　何かあったの？」

虚質科学研究所は年中無休で稼働しており、休日は交代制だ。なので何かあれば休日でもこうやって呼び出されるのはよくある。しかし今回は、父さんの声色からいつもとは違う雰囲気を感じた。

『ああ。実は――』

そして父さんが口にした用件は、僕が全く予想だにしていなかったことだった。

○

涼を母さんに託し、なんとか和音を説得して二人で研究所へ向かうと、父さんと佐藤所長が僕たちを待っていた。

電話で聞かされたのは、僕と和音のＩＰがロックされたということだった。

本人の意思と関係なくＩＰがロックされるのは、通常は何らかの犯罪に巻き込まれた時だけだ。心当たりがあるとすれば正月の通り魔事件だが、あれはもう犯人も逮捕されて解決している。それ以外の心当たりは少なくとも僕にはなかった。

どういうことだと父さんに聞くと、詳しいことは会って話すと言われたのでこうしてやって来たというわけだ。完全防音、電波遮断のミーティングルームに四人で入って鍵をかけ、父さんは僕に事の経緯を説明してくれた。

「簡単に言うと、並行世界のお前と和音くんが、殺人事件の重要参考人となっている」

「……殺人？」

唐突に過ぎる言葉だった。僕はもちろん、和音も目を丸くしている。

「今朝、警察が来て資料を置いていった。お前たち二人のＩＰロックが強制執行されたのは昨日の夜。事件が起きたのはだいたい一昨日の夜で、ＳＩＰの相対値は22プラスマイナス10。普通なら直接お前たちには関係ない数値なんだが」

ＳＩＰというのは正式には『シュヴァルツシルトＩＰ』といい、並行世界で発生したある事象を対象とした時、それと全く同じ事象が起きているとされる世界の範囲を示す言葉である。22プラマイ10ということは、この世界のＩＰを0とした時に、その事象が起きたすべての並行世界の相対的な中心がＩＰ22、同じ事象が起きた並行世界の範囲がＩＰ12〜

32である、ということになるわけである。

このSIPの数値の中に0が入っていなければ、ひとまず自分の世界とは関係ないと言える。今回の場合は12〜32。つまり、この世界には直接的には関係ない……と、言えるはずだったのだが。

父さんの言葉も「だが」で止まっている。僕はその理由を知っている。

「全く同じSIPの範囲で、無許可のオプショナル・シフト記録が発覚した。シフト距離は13。シフト対象者は君だな、和音くん」

「……はい」

そう。今ここにいる和音は、IP13なのだ。SIPの範囲にぎりぎり入っている。これで事件は、少なくともこの和音とは無関係とは言えなくなってきた。

「お前たちが来るまでに集められるだけの情報は集めた。事件が起きたのは一昨日の夜、だいたい二〇時から二三時の間。事件現場も並行世界によって多少ばらつきがある。この地図を見てくれ」

そう言って父さんが広げたのは、今時アナクロな紙の地図だった。僕が住んでいる町内の詳細地図で、そのうちのいくつかの場所に印と数字が書き込まれている。

「これがそれぞれの並行世界での事件現場だ」

一つ一つ見てみる。建物の中だったり路地だったり公園だったりはするが、共通点を挙げるとすれば、どれもこれも僕の家からそう遠くない場所ということだ。

――と、言うよりも。

「この場所は、間違いないの？」

地図上でマークされた建物の一つを指さして、僕は父さんに確認する。父さんは苦い顔をしてゆっくり頷いた。

「ああ。何度も確認したから間違いない。今、お前が住んでる家だ」

その通りだった。並行世界の僕の家が、殺人事件の現場になっているのだ。

「そんな……でも、なんで」

「それは、被害者を見れば分かるかもしれない」

そうして次に父さんが出した資料は、事件の被害者なのだろう、顔写真のついた簡単なプロフィールだった。四〇代の女性で、とりあえずその顔に見覚えはない。名前も聞いたことがない……と、思ったが。

「……この名字、もしかして」

「ああ。正月にあった通り魔事件。あの犯人の、妻だな」

繋がっていく。一つずつ、繋がってほしくない糸が。

「こっちの世界では死者は出なかったが、20くらい離れた世界では……涼が、殺されたらしいな。当然、こっちの世界とは比べものにならないほどの報道があったそうだ。お前たちの家もメディアで何度も取り上げられて、犯人の妻が場所を知ったんだ。それで一昨日の夜、一人で謝罪に向かったとされている。そこで……」

殺された。

ここまで条件が揃えば、僕たちが最有力容疑者である理由は明白だ。

そう遠くない並行世界で、僕と和音の子供、涼は通り魔に殺された。その世界がＳＩＰに含まれる殺人事件が起きて、被害者は通り魔の妻、事件現場は僕の家となると、考えるまでもない。この事件の最有力容疑者は。

「警察は今、和音くんを最有力容疑者と見なしているらしい」

「和音を⁉　なんで！」

僕の予想は最悪の形で外れた。この状況なら最有力容疑者は僕のはずだ。なぜなら、今回事件が起きた範囲内の世界にいる和音は、そのほとんどが事件が起きていない世界からシフトしているはずなのだから。つまり、涼を殺されていない世界の和音たち。端的に言って、動機がない。

しかもシフトしたのは能動的にではなく受動的にだ。オプショナル・シフトを実行したのは事件が起きた世界の和音で、おそらくその誰もが涼を殺された悲しみでシフトを実行したはずだ。こちら側の世界の和音たちはそれに巻き込まれただけだと言える。

「おかしいだろそんなの！　和音は外からシフトさせられただけなんだから、事件を起こす動機なんてない！　それならむしろ──」

言いかけた言葉を、すんでのところで飲み込む。

危なかった。これは勢いに任せて言っていいことではない。それならむしろ、殺人を犯した和音がシフトでこっちへ逃げてきたというほうが辻褄が合う、なんてことは。

「落ち着け。和音くんが最有力容疑者なのにはもちろん理由がある。一つは事件が起きたのがシフト後だというのがあるが、それよりも重要なのは、アリバイだ」

「アリバイ？　和音にだけアリバイがなかったとか？」

「逆だ。和音くんにだけアリバイがあったというケースがほとんどらしい。ただ、裏付け調査でその多くが崩れたんだ」

なんてことだ。それじゃあまるで……まるで和音が、いわゆるアリバイトリックを使ったみたいじゃないか。

「和音くんのアリバイの裏付けは、それぞれの世界のお前の証言によるところが大きかったらしい。けど警察ってのは身内の証言は信用しない。最初から疑って調査を進めた結果……お前が、和音くんのアリバイを作るために偽装工作をした痕跡が次々に見つかったということだ」

「……そんな」

じゃあ、まとめるとこういうことか？

並行世界で涼が殺され、それを悲しんだその世界の和音が、涼が殺されていない僕の世界へシフトしてきた。

入れ替わりにその世界へ行った和音は、涼が殺されたことを知り、数日後の夜、その犯人の妻の訪問を受けた。

そして、殺害した。

その世界の僕は、和音をかばうためにアリバイ工作をした。

だが、その工作は警察に看破され、結果として和音は最有力容疑者となった。

「そんな……そんな馬鹿なことがあるか！」

思わず、思い切り机を叩いた。

「和音が犯人なわけがない！　和音には動機がない！　だって和音は、」

涼を殺されてなどいないんだから。

その一言が、和音の前ではどうしても言えない。

「アインズヴァッハの門」

――それを言ったのが誰だったのか、僕には分からなかった。

「所長？」

父さんの呟きで、それが佐藤所長の発言だったことを知る。けど、所長は今なんて言ったんだ？　アインズヴァッハ？

「その門をくぐるだけで、どんな善人でも無邪気な子供でも、殺人鬼になってしまう。そんな門があるって、何十年か前の作家が言ってたよ」

それまで、僕たちのやり取りには何の興味もなさそうに、ただ退屈そうにぼけっとしていた所長が、いきなり何を言い出すのだろう。

アインズヴァッハの門？　くぐった人は誰でも殺人鬼に？　和音もその門をくぐったとでも言いたいのか？　馬鹿馬鹿しい、そんなものあるわけがない。人がいきなりそんな変わり方をするなんてあるはずがないだろう。

ちらりと顔を上げた所長の、茫洋《ぼうよう》とした眼差しが僕を鈍く射貫《いぬ》く。

「……とにかく、IPロックを解除して、和音を連れ戻そう。和音と話さないと」

「暦、分かってるだろ。警察の許可無しには解除できない」

「しちゃいけないだけで、やれないわけじゃない」

「所長として、それは許可できないかな。色々と面倒臭いし」

……実質この研究所のツートップである所長と父さんに反対されては実行は不可能だ。だから、じゃあ僕はどうすればいいんだ。

「とりあえず、しばらく仕事は休んで構わない。何か情報が入ればすぐに知らせる。だから、心を落ち着けて待ってろ」

心を落ち着けて？　この状況で？　できるわけがない。

けれどそれ以上どうすることもできず、僕はせめて警察からの資料をすべてコピーして家に持ち帰った。

0の和音への想いと、13の和音への想い。

その両方に、たまらなくやりきれないものを抱えながら。

○

深夜になっても、僕は眠れなかった。

13の和音がこの世界にシフトしたのは一週間前。事件があった時、13の和音はもうすでにこっちの世界にいた。つまり、13の和音は犯人ではあり得ない。オプショナル・シフトの記録は警察が徹底的に洗ったはずだ。この事実は動かない。なのに僕はあの時、激情に任せて一瞬でも13の和音を疑ってしまった。許されないことだ。つくづくあの時それを口に出してしまわなくてよかったと思う。

とにかく、13の和音は犯人ではない。そうなると次の容疑者は13の僕だ。13の僕は涼を殺されているのだから動機も十分にある。

けど、僕が犯人だとしたら、なぜ和音のアリバイ工作をしたのか？

可能性としては、状況から和音にも容疑がかかることを見越し、冤罪から守るためにアリバイを作ろうとした、ということが考えられる。しかし警察の資料によると、13の僕は犯行を否認しているのだ。和音を守りたいなら、和音にアリバイを作ったうえで自分が犯人だと自首するのが一番いいはずだ。

だが僕は、僕でも和音でもない第三者が犯人だと主張していた。

13の世界では、僕の家は通り魔事件の被害者の家として有名になっている。野次馬気分で見に来た誰かが、謝罪に訪れた通り魔の妻とたまたま遭遇し、正義感から犯行に至ったのではないかと主張している。

――あり得ないとは言えないが、さすがにこれは無理のある主張だ。これがますます誰かをかばっているのではないかと思わせる。

では、僕がかばうとしたら……結局、和音しかあり得ない。

しかしやはり、どうしても0の和音が犯人だとは思えない。

和音は通り魔事件で僕が無茶をした夜、僕にこう言った。もし暦に何かあったら、一番かわいそうなのは涼なんだから、と。

和音は、涼のことを一番に思っている。その涼がゼロ世界にいるのに、並行世界で人を殺して帰ってこられなくなるなんてことをするとは思えない。

では、僕に残された考えはあと一つしかない。ただ一点を除いて、不自然な状況のすべてに説明がつく答え。

13の僕は、0の和音が疑われるように仕向けている？

そう考えると、不自然な状況にすべて説明がついてしまうのだ。

「暦」

小さな声が僕を呼ぶ。

振り向くと、眠っていたはずの和音がどこか心配そうな目で僕を見ていた。

「何してるの？　まだ寝ないの？」

「眠れないよ」

「……事件のこと、考えてるの？」

言いながら、和音は近寄ってきて腰を下ろし、こたつに足を入れる。

そのまま黙って僕を見つめるその瞳に、僕は口を開いていた。

「どうしても、和音が犯人だとは思えなくて。けど、僕が犯人だとしたら……僕の考えでは、和音に罪を着せようとしてるとしか思えないんだ。どんな世界であれ、僕が和音にそんなことをするなんて思いたくない」

思えないとか、思いたくないとか。

僕の考えは、結局そんな感情論で止まってしまうのだ。

「うん。私も、暦がそんなことするなんて思いたくない。暦は私に言ってくれた。私の可能性すべてを愛するって。だから、この世界の私にも酷いことはしないと思う」

ああ、それは僕が和音に言った言葉だ。やっぱり、並行世界の僕も僕なんだ。

「……それよりも」

「え？」

和音が、ひどく思いつめた顔で何かを言おうとしている。

「……私、は」

なかなか続きが出てこない。僕は無理に催促せず、黙って和音が口を開くのを待つ。

やがて、ついに和音は言った。

「私は……殺す、かも、しれない……」

何を言い出したんだろう、と思った。

それはそうだ。13の和音は涼を殺されている。だから、もしかしたらこの和音なら殺すかもしれない。13の和音には動機がある。それは分かってる。それは最初から分かっていることで、でも。

「君は絶対に殺してないよ。それは分かってる。君は一週間前からこの世界にいたんだから、二日前に向こうの世界で起きた事件の犯人ではあり得ない」

「違うの。そうじゃなくて……」

そうじゃなくて、なんだろう。私は殺すかもしれない……ああそうか。逆に、0の和音は殺すわけがない。動機がないってことを、言おうとしてくれてるのかな？

「もし、私が0の側で……13の世界にシフトして、涼が殺されてることを知ったら……それだけで私は、殺すかもしれない……」

……何を、言ってるんだ。

涼を殺されてない和音が、涼が殺された世界にシフトしたら、それだけで動機になるって言ってるのか？

それじゃあまるで、まるで。

「……和音が犯人だって、言ってるの？」

「そうじゃない。そうじゃないけど……可能性は、あるかも、って……」

僕の頭が、真っ白になって。

それから、真っ赤になった。

ふざけるな。あの優しい和音が、人を殺したりするわけがないだろう。

真面目に聞くんじゃなかった。あまりにも酷い。

この和音に、13の和音に、0の和音のことなんて分かるわけがない。

子供が殺された13の和音に、子供が殺されてない0の和音の気持ちなんて、分かるわけがないんだ。

なんでそんなことを言うんだ。他の世界の和音のくせに。

そもそも……なんで、僕の世界に来たりしたんだ。

僕たちは幸せだった。幸せだったんだ。

なのにいつの間にか、和音は涼が殺された世界にシフトさせられて、殺人事件の容疑をかけられて、IPをロックされて。

このまま和音の容疑が解けなかったらどうなるんだ？　0の和音は13の世界で逮捕されて、IPは固定され続けて、戻って来ることもできず、この世界では13の和音が涼の母親として幸せに暮らすのか？

冗談じゃない。

どうして和音が、僕たちが——いきなり並行世界からやって来たよその和音に、幸せを横取りされなきゃ——

その時。

13の和音が、とても悲しそうな目で僕を見ているのに気づいた。

そして僕は、全身に冷や汗をかく。

僕は……僕は今、和音に対して何を思ってた？

可能性ごと愛すると。サイコロの出目としてではなく、一つのサイコロとして結婚しようと誓った相手に、何かとても酷いことを考えてはいなかったか？

僕は今、酷く醜い顔で和音を睨んでいたのではないか？

0の和音のことだけを考えて。13の和音の気持ちなんて考えもしないで。

誓いを、忘れて——

「……あ」

――そんな、いつかの誓いを踏みにじるような、自分本位なその憤《いきどお》りが。

「まさか……」

唐突に、僕の頭に一つの閃《ひらめ》きをもたらした。

パラレル・シフト。

オプショナル・シフト。

0の和音と13の和音。

IPロック。

殺人事件。

並行世界の僕。

可能性ごとすべてを愛するという誓い。

それを守れなかった、僕。

「和音」

「え？」

「ごめん」

謝ることしか、できなかった。

「どうして、謝るの？」

不思議そうに和音が問う。どうしてって、それは。

気づいてしまったからだ。あまりにも身勝手な、この事件の真相に。

「犯人が、分かった」

○

――一週間後。

和音のIPロックは解除され、オプショナル・シフトで元の世界に送り返すため、僕たちは研究所のシフトルームへ集まっていた。

IPカプセルの中に横たわる、13の和音。あれから一週間、結局和音は仕事を休んでずっと涼と一緒だった。けどそれは、自分が近いうちに帰らなければならないことを覚悟したからなのだろう。だから僕もそれを咎《とが》めることはしなかった。そうしない程度には13の和音のことを思いやる気持ちもなんとか取り戻せていたし、そもそも僕にそんな資格があるとも思えなかった。

「暦の、言う通りだったわね」

カプセルを閉める前、和音が僕に話しかける。

犯人が分かった。僕が提供した情報は警察によって並列化され、そして昨日、真犯人が逮捕されたという知らせが並行世界から届いた。

真犯人はもちろん、並行世界の僕。13の高崎暦だ。

正しい事件の流れは、こうだった。

並行世界で涼が殺され、それを悲しんだその世界の和音が、涼が殺されなかった世界へシフトしてきた。

入れ替わりにその世界へ行った和音は、涼が殺されたことを知る。

数日後の夜、その犯人の妻が、謝罪のために僕の家を訪れた。

この時すぐにか、追い返したその妻の後を追ってか、それは各並行世界によって微妙な差違はあるが。

とにかく、並行世界の僕は、犯人の妻を殺害した。

13の僕は、思いついてしまったのだ。

この女を殺して0の和音に罪を着せれば、警察によって和音のIPがロックされる。

そうすれば、13の和音はオプショナル・シフトで送り返されることなく、少なくともこの事件に決着がつくまではずっと、涼が生きている世界で幸せに暮らせると。

そのために13の僕は、和音だけにアリバイ工作をした。ただし、調べればそれがすぐに工作だと分かるように、わざとずさんに。

その工作は目論み通り警察に看破され、結果として、高崎暦が妻の犯行をかばうためにアリバイ工作をしたのだと判断、和音が最有力容疑者となった。

「どうしてあんなに急に分かったの？」

僕がなぜその真相に辿り着いたか、そのきっかけは誰にも話していない。

けど、和音には正直に話しておくべきだと思った。

「僕が真相に気づいた夜。君に、もしかしたら0の和音にも動機はあるかもしれないって言われて……僕は、君を憎んだ」

そう。僕は憎んでしまった。サイコロの六の目を。

「あの時の僕は、0の和音のことしか考えてなかった。可能性ごとすべてを愛する、そんな誓いなんて全部忘れて」

和音はただ黙って僕の言葉を聞いている。

「僕がそうなんだから、もしかしたら13の僕もそうなんじゃないかと思った。13の僕は、13の和音のことだけを考えて行動するんじゃないかって。特に向こうの僕は涼を殺されてるんだ。やっぱり平静ではいられなかったんだと思う」

人がいきなりそんな変わり方をするわけがないと思っていた。

けれどそうではないことを、自分自身で証明してしまった。

だから気づいたのだ。13の僕も、きっと変わってしまったのだと。

「13の僕が13の和音のためにできることはなんだろうって考えたら、あの答えに辿り着いたんだ。０の和音や、罪のない人を犠牲にしても、13の和音を幸せにするって」

僕は僕なりに。そしてまた、僕は僕なりに。

サイコロの一の目だけを。自分の世界の和音のことだけを、愛してしまったのだと。

「……勝手すぎよ。帰ったら、離婚かな」

「……許されることではないけど、できれば待っててあげてくれないかな」

「じゃあ、もう一回誓って」

「誓うよ。僕は和音を一つのサイコロとして愛する。可能性ごとすべてを愛する」

「……うん。じゃあ、許してあげようかな」

「13の僕にもちゃんと誓わせないと」

「大丈夫よ。どっちも同じサイコロでしょ？」

そう言って、和音は少し笑い。

小さい声でささやくように、帰るわ、と言った。

○

カプセルの蓋を閉め、ＩＰ13用に調整した電磁波を制御する。

きっと今、近くの並行世界で一斉に同じことが起こっているのだろう。

オプショナル・シフトは、感覚としては数秒間目を閉じているだけだ。別に目を開けていてもいいのだが、視覚情報の混乱を減らすためにはやはり閉じていたほうがいい。

カプセルの中で目を閉じる和音の顔を、なんとなく眺めている。

すると、不意にその口元が歪み。

寄せた眉根が、小さく震えだして。

閉じたまぶたから、一筋の涙が流れて。

そして、和音がそう言ったのが、僕にははっきりと聞こえた。


『ずるい』

『なんで、そっちだけ』

◯

その日の夜。

僕と、帰ってきた和音と、涼の三人で、久しぶりに川の字になって寝た。

もう独り寝になれていた涼は、一人で寝れるよと文句を言いつつも、どこか少しだけ嬉しそうだったように見える。親の願望だろうか。

眠ってしまった涼を起こさないように、僕と和音は小さな声で言葉を交わす。

「99％の幸せが、残り1％の不幸で出来てるとしたら……私たち、どうすればいいんだろうね。幸せなままでいいのかな」

「……分からないけど、幸せになってしまった以上は、幸せであるべきだと思う。そうでないと、1％の不幸も報われない……って、これはきっと僕たちが幸せだからこそ言えることなんだろうね」

「そう、なのかもね……」

1％の不幸が、99％の幸せをどう思うのか。別れ際の和音の言葉が答えだ。

「でもやっぱり、僕たちは開き直ってでも幸せであるべきだ。そして次の幸せに繋げないといけない、と思う。1％の不幸を踏みにじるんじゃなくて、踏み台にして」

「踏み台にして、いいの？」

「いいも悪いもない。僕たちはもうそこに立ってるんだから。あらゆる可能性の上に立って、そこで生きていくしかないんだ」

「うん……そうね」

僕と和音の間では涼が静かな寝息を立てている。その頬を愛おしそうに撫でる和音の手に、僕も自分の手を重ねて。

眠りにつく前、僕は和音にもう一度誓った。

「僕は君を、可能性ごとすべて愛する。1%の不幸も含めて、今度こそ」

それに答えて、和音は僕に言った。

「私、自分がどれだけ幸せなのか、よく分かったわ」

僕もだよ、と答えた。

幕間

穏やかに時は流れて、僕と和音が還暦を迎えた頃。

「お父さん、お母さん……実は、結婚を考えてる人がいるんだ」

そう言って涼が連れて来たのは、絵理ちゃんという、ちょっと気の弱そうなとてもかわいい女の子だった。

反対する理由など何もない。そもそもそれは突然だったわけでもなく、絵理ちゃんは涼と付き合い始めた頃からうちにも遊びに来ていたため、僕たちからしてみれば「ああ、やっと？」みたいなものだった。そう遠くないであろう結婚の日にそなえて、少しずつ家族ぐるみの付き合いも始めていった。

いよいよ結婚すると涼が言い出したのは、それから二年後の春のこと。思ったよりも時間がかかったので、こっそり貯めていた結婚資金がかなりの額になってしまっていた。どんな派手な結婚式でも挙げられるぞと言ったら、地味な式でいいと言われた。つまらないと思った。

問題が起きたのはその夜のことだ。

「父さん、母さん。ちょっといいかな」

涼と、うちに泊まっていた絵理ちゃんが二人して僕たち夫婦の部屋を訪れ、何やら相談があると言う。僕と和音もつい居住まいを正してしまう。

だが、涼も絵理ちゃんもなかなか切り出そうとしない。まさか深刻な病気か何かだろうかと本気で不安になり始める。

「それで、相談というのは？」

意を決して問いかける僕。和音も真剣な表情で耳を傾ける。

思いつめた表情で、いったい何を悩んでいるのかと思いきや。

「実は、結婚式の時に、ＩＰをロックしたいんだ」

僕たちは拍子抜けしてしまった。

「あの……もし、結婚式の当日にシフトしてしまったらって考えると、不安になってしまって……でも、ＩＰをロックすれば安心ですよね」

その理由はもちろん聞くまでもなかった。涼と絵理ちゃんは、僕と和音が結婚した時と全く同じ不安を抱えているのだ。

「お父さんのとこ、確かＩＰロックもやってるよね。だから、できればお願いしたいんだけど……駄目かな」

この頃、ＩＰの固定化技術はかなり一般化されており、望めば結婚式などの特殊な状況でＩＰをロックすることは法的に許されていた。むろん許可申請を出して厳重なチェックをクリアしなければならないのだが、この頃の僕たちは研究所であまり望まぬ出世をしており、その辺にも口をきける立場になっていた。だから涼と絵理ちゃんが頼ってきたのも当然と言えば当然のことだ。

しかし、それを相談するのにここまで悩んだということは、おそらく自力で辿り着いたのだろう。ＩＰの固定化は可能性の世界を殺すことになりかねないと。

それでも、たった一人の愛する人と結婚したくて、こうして相談をしてきたのだ。

僕と和音は、二人のその要望を肯定するでもなく否定するでもなく。

「少し、思い出話をしようか」

「そうね。それがいいわ」

僕たちはただ、思い出を話して聞かせた。

あんまりな二人の出会いから、僕がふられ続けたこと、適当に過ぎる和音の告白、プロポーズに至るエピソード。同じ悩みを抱いていたこと。さすがに初体験の失敗談までは話せなかったけど。

そして結婚式の日、ＩＰ端末を外し、お互いのすべてと結婚したこと。

最愛の息子が生まれたこと。

大きな事件に巻き込まれ、誓いを破ってしまいそうになったこと。

今、幸せなこと。

そんなすべてを、愛する子供たちに語った。

本当にただ語っただけだ。それを聞いて何を思い、何を決めるのかは、すべて涼と絵理ちゃんの二人に任せた。

結婚式の当日、二人の腕にＩＰ端末があったかどうか。

さて、どうだったろう。最近物忘れがひどくなってとんと思い出せない……ということにしておこう。

○

翌年、涼と絵理ちゃんの間に子供が生まれた。かわいらしい女の子だった。

二人はその娘に、『愛』と名付けた。

僕の両親は、残念ながら愛をその手に抱く前に亡くなってしまったけど、僕と、和音と、涼と、絵理ちゃんと、愛。僕の家族はとても幸せで、僕と和音もとても幸せに年を重ねていった。

愛がすくすくと育って小学生になった頃、僕の胃に癌が見つかった。幸い早期の発見だったので体に負担のかからない治療を受けていたのだけど、どうも最後の最後で僕は運に見放されたらしく、七三歳で余命を宣告された。

僕はそのまま病院で死のうかと思ったのだが、家族からの猛反対にあった。

在宅死、という言葉を知ったのは、つい最近のことだ。

癌に冒されて余命幾ばくもない患者が、病院での治療やホスピスでの終末医療を拒否し、住み慣れた我が家で家族に囲まれながら最期の時を過ごす。その選択肢が涼と絵理ちゃんの口から提案されたことを僕は幸せに思った。

涼や絵理ちゃん、愛に迷惑をかけるのも忍びなかったが、それ以上に、皆が僕と最期まで一緒に過ごしたがってくれているのだと、そうすんなり信じられたことが嬉しくて。

抗癌剤は使わないこと、延命治療はしないことの二つを条件に、僕は在宅死を選んだ。

七三歳。もしかしたら死ぬにはまだ少し早いのかもしれないが、不思議と恐怖や不満はなかった。大きな家で、愛する妻、頼れる息子と優しいその嫁、かわいい孫娘にまで囲まれる老後。たとえ明日、苦しみの中でこの心臓が鼓動を止めたとしても、隣に家族がいてくれるなら笑って逝けると思える。幸せな人生だった。

そうして病院から家に帰り、和音と共に余生を穏やかに過ごしていた、ある日。

僕のＩＰ端末が、来月のスケジュールを音声でお知らせし始めた。

この端末は月末になると、次の月に入力されている予定を読み上げてくれるのだ。とは言えこの年になるともう遊びの約束が入るわけでもない。はて、いったいなんの予定があったかと首をかしげながら音声を聞く。

そして僕は、全く覚えのないその約束を知った。

『八月一七日、午前一〇時、昭和通り交差点、レオタードの女』

終章、あるいは序章

——ふと、我に返った。

目の前には大きな交差点に敷かれた横断歩道。今は信号は赤で、その上をたくさんの車が行き交っている。

ぼうっとしていた。今自分が何をしていたのかを思い出す。

……そうだ。横断歩道の上に女の子がいて、声をかけたら消えてしまったんだ。もしかしてパラレル・シフトしたのかとＩＰを確認して……だけどＩＰが表示されなかったから、どうしたものかと思っていたのだった。

左手首のＩＰ端末を見る。表示は『ERROR』。やはり壊れている。

さっきはＩＰが分からなくなったことに少し不安を抱いていたが、今は不思議と何も怖くなかった。いや、考えてみれば不思議ですらない。

僕が子供の頃、世界にIPなんてものはなかったのだ。僕たちは並行世界の存在をフィクションのものとして、自覚のないまま並行世界のある日常を生きていた。

ただ、それに戻っただけじゃないか。

この世界もまた、一つのサイコロだ。何の目が出たか見えないサイコロ。

老い先短い人生だが、可能性ごと愛しながら生きていこうじゃないか。ごく自然と僕はそんな風に思えた。消えた少女は気になったが、僕にはどうしようもない。幽霊でも見たのだと思うことにしよう。

さて、しかし困った。僕はそもそも待ち合わせをしていたのだ。

IP表示は壊れてしまったが、他の機能は生きている。時計を見ると一〇時五分。約束の時間は過ぎているのに見知った顔が現れる気配はない。午前一〇時、昭和通り交差点、レオタードの女。時間も場所もここで間違いない。日付も合っている。

どうしたものか。別に予定はないのだからぼけっと待ってみてもいいのだが、公園とかならばまだしも、車椅子の老人が交差点でぼんやりし続けていれば、下手をすれば警察に保護されてしまうかもしれない。

とは言えせっかくだ、三〇分くらいは待ってみようか。

そう思い、僕は人の邪魔にならないように、レオタードの女の銅像がある緑の芝生へと車椅子を乗り上げた。

そして、交差点が見えるように方向転換を――

「うぐっ……」

鳩尾《みぞおち》のあたりを中心に、もはやお馴染みとなった痛みがやってきた。

まるで胸にすりこぎを強引にねじ込まれて体の中をすり潰されているかのような、気持ちの悪さを伴った痛みが断続的に襲いかかってくる。息を荒くし脂汗をかきながら、僕はポケットから薬のケースを取り出す。

「あっ……」

いけない。手が震えて取り落としてしまった。身をかがめて手を伸ばすが到底届きそうにない。かと言って車椅子から降りれば、自力では再び乗れないだろう。そうこうする間にも痛みは増していき、だんだんと視界がぼやけてゆく。

贅沢かもしれないけど。

できれば、こんな死に方はしたくないなぁ。

愛や、絵理ちゃんや、涼や。

和音に看取られながら、畳の上で、死んでいきたいなぁ。

「……し、もしもし、大丈夫ですか!?」

知らないご婦人の声が近づいてきた。その感じからして、僕と同じくらいの年齢だろうか。どうやら僕を見かけて助けに来てくれたらしい。

「今、救急車を……」

「く、すり……」

「え？」

「薬……取って……下……」

必死で足元に落ちた薬のケースを指さす。それに気づいたご婦人が、上品な洋服が汚れるのも構わずに座り込んで拾ってくれる。いい人だ。

「薬……どれですか!?　色々あります！」

「全部……ひとつずつ……」

「全部ひとつずつ……これと、これと……はい、どうぞ。飲めますか？」

僕が手を出すと、ご婦人はその手を無視してわざわざご自分の手で僕の口まで薬を運んでくれた。ペットボトルの水まで含ませてくれて、僕はさしたる苦もなく薬を飲みきることができた。

「救急車は？」

「大丈夫……大丈夫です、ありがとう……」

それから数分をかけて呼吸を落ち着ける。薬がそんなに早く効くはずもないのだが、こんなものは心の持ちようだ。

さらに数分かけてようやく楽になってきて、ゆっくり目を開けてみると。

なんと驚いたことに、先ほどのご婦人がまだ心配そうに僕を看てくれていた。

「や……これはどうも、大変お世話になってしまいまして」

「いえ。本当に、もう大丈夫ですか？」

「おかげさまで」

「そうですか、それは何よりです」

そうしてにっこりと笑ったそのお顔の、優しそうなことといったら。

「本当に助かりました。何かお礼をしたいのですが、よろしければお名前をお聞かせ願えませんか？」

「いえそんな、困った時はお互いさまです。名乗るほどの者ではありませんわ」

「いえ、しかし」

僕が食い下がろうとすると、ご婦人は小さくくすりと吹き出した。

「なにか？」

「いえ、その、ふふふ。死ぬ前に一度は言ってみたかったんです。名乗るほどの者ではありません、って。ぎりぎりで間に合ってしまいました」

「ははぁ、それはそれは。苦しんだ甲斐があったというものです」

「まぁ」

初対面だというのに、僕とご婦人はまるで久しぶりに会った旧友であるかのように自然と笑い合った。少し和音の顔が浮かび、いやいやこの程度で浮気にはなるまい、と自分に言い聞かせる。

しかし、それにしても——

「あの……もしかして、どこかでお会いしたことがありませんか？」

「え？」

はて。僕はなぜ、急にこんなことを言ってしまったのだろう。

ご婦人は僕の顔をじっとのぞき見て。

「失礼ですけど、お名前は？」

「高崎暦と申します」

「……ごめんなさい、どうにも存じ上げませんわね」

その後、念のために僕もお名前を拝聴したのだが、やはり僕の記憶にもない名前だった。してみるとただの勘違いか。あるいは——

「もしかしたら——並行世界で会ったことがあるのかもしれませんね」

「あら、その可能性はありますわね」

「あるいは、お互いこんな年です、耄碌《もうろく》して忘れているのかも」

「まぁいやだ。ふふふ」

そして再び笑い合う。なぜだろう、とても幸せな時間。

ふと僕は、相手もそうなのか知りたくなった。

この上品なご婦人は今、幸せなのだろうか？

「あなたは、今……幸せですか？」

唐突に聞かれたご婦人は、しかし嫌な顔一つせず。

「ええ、幸せですよ」

と、満面の笑みを返してくださる。

「それはよかった」

それはよかった。本当に。

心の底から、僕はそう思った。

「……あの、お時間は大丈夫ですか？」

「え？」

「どこかへ向かわれる途中だったのでは？」

「ああ……いえ、ふふふ。そういうわけではないんですよ。今日は、なんとなくこの辺に来たくなって、お散歩ですの」

「おや、そうでしたか」

「ええ……でもそうですね、たまたまあなたにお会いして、お話しできてなんだか満足してしまいました。そろそろ帰ろうかしら」

「ああ、これはすみません、お引き留めしてしまいまして」

「いいえ、楽しい時間でした。そちらは？」

「僕は……ええ、ちょっと人待ちで」

「そうですか。では、失礼いたします」

「本当に、ありがとうございました」

僕を幸せな気持ちにさせてくれたその幸せなご婦人は、そうして交差点を渡っていった。

時計を見る。

一一時。

なぜか僕は思った。

きっと、待ち人はもう来ない。

いや、待ち人はここにはいないのだ。

僕の待ち人が、僕の会いたい人がいるのは、この交差点じゃない。

「……帰ろう」

帰ろう。僕の家へ。

愛がいて、絵理ちゃんがいて、涼がいて。

そして、和音がいる家へ。

誰もいないこの交差点から、愛する人のいる世界へ。

○

「ただいま」

「あら、お帰り」

庭で花壇に水をあげていた和音が、柔らかい笑顔で僕を迎えてくれる。

「具合はどう？」

「うん。なんとか大丈夫だよ」

少し危なかったけど。そんな話はしないことにする。

「で、謎は解けたの？」

「ああ……いや、誰も来なかったよ。さて、なんだったのかなぁあれは」

結局、あの約束がいったい何だったのかは分からないままだ。けれど今は不思議と、それを気にしていない自分がいた。

「暦、何かいいことがあった？」

これは驚いた。何も言ってないし普段と変わらないつもりだったのだが、和音にはお見通しだったらしい。

「待ち人は来なかったんだけど、代わりに素敵な出会いがあってね」

「へぇ。どんな？」

それを語ろうとすると、自然と口元がほころんでゆく。

「交差点で、幸せなご婦人と出会ったよ」

「ご婦人？」

ちょっと、和音の顔が怖くなった。

「おいおい、この年になって浮気もないだろう。そんなんじゃないよ」

「冗談よ。昔の知り合いとか？」

「いや、全然知らない人なんだけどね」

「ふうん？　それで、何が素敵なの？」

「うん。あの出会いの何が素敵だったのか、それをぜひ君に聞いてほしいんだ」

「聞いてるわよ。どうぞ」

和音は僕から顔をそらして花壇の水やりを続ける。僕はその背中に語りかける。

「そのご婦人はね、自分が今、幸せだと言ったんだ。僕はそれがとても嬉しかった」

「でも、全然知らない人だったんでしょ？」

「だからだよ、和音」

「え？」

手を止めて、和音が僕のほうを振り向く。

きょとんとしたその顔が、しわくちゃになった今でも、こんなにも愛おしい。

「全然知らない人が幸せであることが、僕はこんなにも嬉しいんだ」

心の底から、そう思う。

「どうだい和音、こんなに素敵なことはないじゃないか。僕は自分が、知らない人の幸せを喜べる人間であることを、とても幸せに思う」

いつの間にか、和音は水をまいていたじょうろを置いて、僕の隣へ立っている。その枯れ木のようになった手を僕の手に重ねて、優しい顔で僕の話を聞いてくれている。

「僕がこんな人間であれたのは、僕の周りのみんながいてくれたからだよ。お父さん、お母さん、おじいちゃん、おばあちゃん、涼、絵理ちゃん、愛……そして」

僕は和音の手を握り返して、その目を見つめて。

「そして、君だよ和音。僕が愛したすべての君へ、この喜びを伝えたいんだ。君がいてくれたから、僕は今、こんなに幸せですって」

「……そう」

その時の和音の微笑みほど優しいものを、僕は他に知らない。

「あー、おじいちゃーん！　お帰りー！」

家の中から、愛の元気な声が聞こえる。まったく、声の大きい子だ。

「ふふ……入りましょうか」

「うん。そうだね」

僕は和音の手に押され、愛する我が家へと戻っていく。

幸せの象徴のような、その世界の中へ。

○

そして僕が、この喜びを伝えたいもうひとりの人へ。

僕がサイコロの一の目だとした時、六どころじゃない、十か、百か、千か、万か。どこか遠くの、並行世界のすべての僕へ。

和音じゃない誰かを愛した、ひとりひとりの僕へ。

君が和音以外の誰かを愛してくれたから、僕は和音を愛することができた。

ありがとう。心からの感謝を。僕は今、とても幸せです。

そして、僕じゃない僕を愛してくれた、和音じゃない誰かへ。

感謝と同じだけの、祝福を。

どうか君と、君の愛する人が、世界のどこかで幸せでありますように。

君を愛したひとりの僕へ

乙野四方字

人々が少しだけ違う並行世界間で日常的に揺れ動いていることが実証された時代――両親の離婚を経て父親と暮らす日高暦は、父の勤める虚質科学研究所で佐藤栞という少女に出会う。たがいにほのかな恋心を抱くふたりだったが、親同士の再婚話がすべてを一変させた。もう結ばれないと思い込んだ暦と栞は、兄妹にならない世界へと跳ぼうとするが……『僕が愛したすべての君へ』と同時刊行

リライト

法条　遥

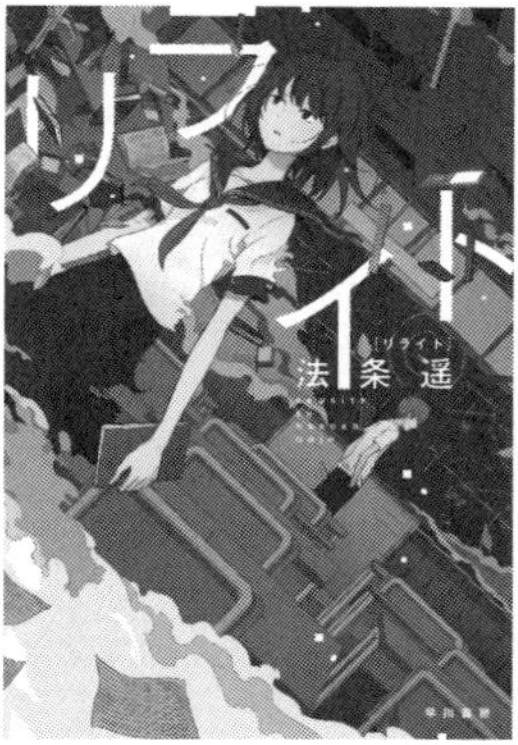

一九九二年夏、未来から来た少年・保彦と出会った中学二年の美雪は、旧校舎崩壊事故から彼を救うため十年後へ跳んだ。二〇〇二年夏、作家となった美雪はその経験を元に小説を上梓する。夏祭り、時を超える薬、突然の別れ……しかしタイムリープ当日になっても十年前の自分は現れない。不審に思い調べる中で、美雪は恐るべき真実に気づく。ＳＦ史上最悪のパラドックスを描くシリーズ第一作

著者略歴　1981年大分県生，作家『ミニッツ　〜一分間の絶対時間〜』で、第18回電撃小説大賞選考委員奨励賞受賞。他の著書に『君を愛したひとりの僕へ』（早川書房刊）『ラテラル　〜水平思考推理の天使〜』など。

HM=Hayakawa Mystery
SF=Science Fiction
JA=Japanese Author
NV=Novel
NF=Nonfiction
FT=Fantasy

僕《ぼく》が愛《あい》したすべての君《きみ》へ

〈JA1233〉

二〇一六年六月二十五日　発行
二〇二二年十月　二十　日　三十五刷
（定価はカバーに表示してあります）

著者　乙《おと》野《の》四《よ》方《も》字《じ》
発行者　早川　浩
印刷者　草刈明代
発行所　株式会社　早川書房
郵便番号　一〇一 - 〇〇四六
東京都千代田区神田多町二ノ二
電話　〇三 - 三二五二 - 三一一一
振替　〇〇一六〇 - 三 - 四七七九九
https://www.hayakawa-online.co.jp

乱丁・落丁本は小社制作部宛お送り下さい。
送料小社負担にてお取りかえいたします。

印刷・中央精版印刷株式会社　製本・株式会社明光社

ISBN978-4-15-031233-6 C0193

本書は活字が大きく読みやすい〈トールサイズ〉です。